古典詩歌研究彙刊

第八輯

龔鵬程　主編

第 6 冊

唐代宴飲詩研究（下）

吳 秋 慧 著

國家圖書館出版品預行編目資料

唐代宴飲詩研究（下）／吳秋慧 著 — 初版 — 台北縣永和市：
花木蘭文化出版社，2010〔民 99〕
目 4+144 面；17×24 公分
（古典詩歌研究彙刊 第八輯；第 6 冊）
ISBN　978-986-254-314-6（精裝）
1. 唐詩　2. 詩評
820.9104　　　　　　　　　　　　　　　99016394

ISBN - 978-986-2543-14-6

9 789862 543146

古典詩歌研究彙刊
第八輯　第 六 冊　　　　ISBN：978-986-254-314-6

唐代宴飲詩研究（下）

作　　者　吳秋慧
主　　編　龔鵬程
總 編 輯　杜潔祥
出　　版　花木蘭文化出版社
發 行 所　花木蘭文化出版社
發 行 人　高小娟
聯絡地址　台北縣永和市中正路五九五號七樓之三
　　　　　電話：02-2923-1455／傳眞：02-2923-1452
網　　址　http://www.huamulan.tw 信箱 sut81518@ms59.hinet.net
印　　刷　普羅文化出版廣告事業
初　　版　2010 年 9 月
定　　價　第八輯 20 冊（精裝）新台幣 28,000 元

唐代宴飲詩研究（下）

吳秋慧　著

目 次

下　冊

第五章　節慶宴飲詩

　　本章所謂的「節慶」，指的是固定節日與特殊慶賀而言，前者是社會通行的節俗，後者則專就個人而言。就固定節日來說，唐人有承襲傳統的元正（元旦）、人日（正月7日）、上元（正月15日）、晦日（正月最後一日）〔註1〕、社日、中和節（2月1日）〔註2〕、寒食、上巳（3月3日）、清明、端午（5月5日）、七夕（7月7日）、中元（7月15日）、重陽（9月9日）、臘日、歲除等節日，也有因皇帝誕辰而特定的千秋節（玄宗）〔註3〕、天平地成節（肅宗）、慶成節（文宗）、慶陽節（武宗）、嘉會節（昭宗）、乾和節（哀帝）等等〔註4〕；就特殊慶賀事來說，如進士及第、爲官遷轉新除等均是。

　　相對於一般遊樂宴飲活動的隨意與隨時性而言，節慶宴飲活動在先天上就受到節慶的限制，一年一度，舉行的時間與次數是固定的，

〔註1〕　雖然每月最後一日都可稱爲晦日，然而正月晦日明定爲節日，《荊楚歲時記》云：「元日至月晦，並爲酺聚飲食。每月皆有晦朔，正月初年，時俗重以爲節。」此據《藝文類聚》卷四〈歲時中〉引文。

〔註2〕　德宗貞元五年（789）正月，詔以二月一日爲中和節，以代正月晦日。見《舊唐書》卷十三〈德宗本紀下〉。

〔註3〕　開元十七年（729）定玄宗誕辰爲千秋節，至天寶二年（843）改名爲天長節。見《唐會要》卷二九〈節日〉。

〔註4〕　代宗、德宗、順宗在位時，雖未別置節日，每至降誕日，天下亦皆休假。同註3。

無法隨意增減，且在一年之中節慶日畢竟是少數，宴會的次數自然無法與一般遊宴活動相比，因此在整體寫作數量上就比遊樂宴飲詩少了許多〔註5〕。

「節慶」的存在，對於長年生活在安安定定的日子中，甚至是困困苦苦的日子裏的民眾百姓來說，無疑是一件大事，是一次需要隆重對待的慶典。在漫長的生活中，節慶就如同「顆顆珍珠」般，使平凡如鏈索的人生熠耀生輝〔註6〕。在如此特殊的日子裏，唐人往往以出遊和舉行宴飲活動的方式爲之慶賀。對於詩人來說，一年的任何一天雖然都可以從事創作，雖然同樣是遊樂宴飲活動，然而節慶的特殊文化意義與特殊氛圍，往往激發他們產生與平時遊樂不太一樣的創作靈感，如孟浩然云：「風俗因時見，湖山發興多」〔註7〕「登臨古今用，風俗歲時觀」〔註8〕，因此呈現在節慶宴飲詩中的，與遊樂宴飲詩並不全然相同，本章即試圖呈現出唐人節慶宴飲詩在節慶特殊文化背景下的特殊之處。

第一節　宮廷節慶宴飲詩

作爲宮廷，在節慶時舉行的宴飲活動往往有爲民表率的功用存在，尤其是在傳統節日方面，這種表率的意味更爲明顯，因而呈現在宮廷詩作中，有明顯作爲典範的意味存在。這種作爲典範的功能，隨著時代的變遷，而有不同的表現。

一、詩作內容

「節慶」是節慶宴飲活動所以成形的緣由，宮廷節慶宴飲活動既

〔註5〕　現存遊樂宴飲詩有八百零五首，而節慶宴飲詩則僅三百五十三首。
〔註6〕　此據程薔譬說。見程薔、董乃斌《唐帝國的精神文明──民俗與文學》（北京：中國社會科學出版社，1996年），頁44。
〔註7〕　孟浩然〈九日龍沙作寄劉大昚虛〉《孟浩然詩集箋注》卷二。
〔註8〕　孟浩然〈盧明府九日峴山宴袁使君張郎中崔員外〉《孟浩然詩集箋注》卷二。

為民表率，在節慶意義的呈現上自然比民間來得重視、保守些。因此在本章詩作內容部分，擬以相關「節慶」的書寫作為考察主軸，了解其寫作情形。

（一）中宗朝以前（618～710）：內容不脫節慶意義與傳說

宮廷生活雖然表面上看來豐富多彩，但是由於種種君臣禮法與禁忌，實際上可以提供賦作的範圍卻是不大的，再加上由於節慶的節日意義與宮廷為民表率的因素，使得此類宴飲詩在寫作上很自然地圍繞著節慶主題書寫。

節日傳說對宮廷宴飲詩作影響最大的，當推七夕。如：

> 羽蓋飛天漢，鳳駕越層巒。俱歡三秋阻，共敘一宵歡。璜虧夜月落，靨碎曉星殘。誰能重操杼，纖手濯清瀾。（高宗〈七夕宴懸圃二首〉其一《全唐詩》卷二）

> 牛閨臨淺漢，鸞駟涉秋河。兩懷縈別緒，一宿慶停梭。星模鉛裏靨，月寫黛中娥。奈許今宵度，長嬰離恨多。（許敬宗〈奉和七夕宴懸圃應制二首〉其一《全唐詩》卷三五）

由於高宗所賦針對七夕牛郎織女相會故事加以敘述，因而許敬宗應制時亦不能超脫此一敘述，內容完全圍繞節日傳說，沒有任何眼前現實情景，如宴飲活動場景的敘寫完全付之闕如。七夕對宮廷宴飲詩的影響，還不只反映在高宗朝而已，中宗時的七夕宴飲詩，內容亦不出節日傳說影響，如：

> 一年銜別苑，七夕始言歸。斂淚開星靨，微步動雲衣。天迴兔欲落，河曠鵲停飛。那堪盡此夜，復往弄殘機。（杜審言〈奉和七夕侍宴兩儀殿應制〉《全唐詩》卷六二）

> 靈媛乘秋發，仙裝警夜催。月光窺欲渡，河色辨應來。機石天文寫，針樓御賞開。竊觀棲烏至，疑向鵲橋迴。（蘇頲〈奉和七夕宴兩儀殿應制〉《全唐詩》卷七三）

上述杜審言、蘇頲之詩作於中宗景龍二年（708），當時同賦者，今可

見詩作者尚有李嶠、趙彥昭、劉憲、李乂等四人，然而不管是何人所賦，用詞用字雖不同，但是詩作內容卻都圍繞著七夕牛郎織女一年一會的故事爲主題敘述。七夕主題所以獲得宮廷詩人如此青睞，除了因爲帝王的賦作在先，不能違離的理由外，或許和六朝以來宮體詩傳統有關。初唐宮廷詩壇，受齊梁以來詩風影響很大，太宗甚至身體力行，直接模仿徐庾體的寫作，表達對豔詩的喜好。七夕的故事傳說，織女的形象，正好適合宮體詩的抒寫形式，於是很自然地便套上宮體的綺靡手法，進行描繪。觀察上述七夕詩作中，對節日傳說的運用，多從織女——女性角度切入，纖細地描寫閨怨，深情中頗有齊梁宮體之味，此在高宗與許敬宗詩作中尤爲明顯。雖是宴飲詩，然而在賦作上卻脫離宴飲的即情即景描繪，而從節日傳說上入手，這種表現方式，和一般的宴飲詩頗爲不同。

而在另一方面，從這些有關七夕的宮廷宴飲詩作中，我們又可以發現，早在唐代，有關七夕牛郎織女的傳說，如一年一會、鵲橋爲渡、織女弄機等事，均已和今日所聞者相同。

七夕由於故事性較強，符合宮體詩寫作方式，因此左右了宮廷宴飲詩的書寫內容，其他的節慶，並沒有像牛郎織女如此哀怨動人的悲悽情節，因而在表現上，雖然不脫節日意義，但較能兼顧到眼前宴飲活動，如九月九日重陽節：

> 九日正乘秋，三杯興巳周。泛桂迎尊滿，吹花向酒浮。長房萸早熟，彭澤菊秋收。何藉龍沙上，方得恣淹留。（中宗〈九月九日幸臨渭亭登高得秋字〉《全唐詩》卷二）

> 上月重陽滿，中天萬乘來。萸依佩裏發，菊向酒邊開。聖澤煙雲動，宸文象緯迴。小臣無以答，願奉億千杯。（盧藏用〈九日幸臨渭亭登高應制得開字〉《全唐詩》卷九三）

> 重陽早露晞，睿賞瞰秋磯。菊氣先薰酒，萸香更襲衣。清切絲桐會，縱橫文雅飛。恩深答效淺，留醉奉宸暉。（蘇瓌〈奉和九日幸臨渭亭登高應制得暉字〉《全唐詩》卷四六）

令節三秋晚，重陽九日歡。仙杯還泛菊，寶饌且調蘭。御氣雲霄近，乘高宇宙寬。今朝萬壽引，宜向曲中彈。(宋之問〈奉和九日幸臨渭亭登高應制得歡字〉《全唐詩》卷五二)

從上述四詩中，我們可以看出詩中節慶味道的濃厚，然而這種節慶味道和七夕的表現方式截然不同。相較於七夕宴飲詩的沉溺傳說想像，九日詩則具現眼前應景酒筵的情景。此四詩皆作於景龍三年（709），當時中宗與群臣同登臨渭亭，飲酒賦詩，同時賦作者，據《全唐詩》收錄，除上述諸人外，尚有楊廉、韋安石、岑羲、陸景初、竇希玠、盧懷慎、韋嗣立、馬懷素、薛稷、趙彥昭、閻朝隱、韋元旦、趙彥伯、于經野、鄭南金、李咸、李迥秀、蘇頲、李乂、蕭至忠、李適等二十餘人作品，由此可知，這次的遊宴活動，隨行的詩人並不少，此處但舉中宗詩以及臣下和詩三首以為例證說明。

從今日可見的資料來看，唐人九日遊賞，活動意義主要在登高飲酒，而不是餐食，雖稱為「宴」，然而這種「宴」，應屬酒宴、酒席；且九日外出登高，本是為避禍，意義是嚴肅的，因而這種酒筵的活動，多半只是單純的飲酒，而非一般宴會，並沒有豐盛的菜食以及歌舞的演奏種種娛賓取樂行為；再加上九日登高的故事，不如牛郎織女鵲橋會的浪漫，缺乏想像的空間，因而即席賦作時，在運用上也只能圍繞節日儀式，如菊花、飲酒（菊花酒）、佩茱萸等動作，以及漢代費長房的故事，來進行書寫。

相對於七夕、重陽等節日有故事傳說可以豐富節慶內容，如人日、立春等節日，相形之下可供著墨的地方就少很多，於是在中宗朝的宮廷宴樂，便在節日之中尋一二事物為題，以為書寫，或以節俗，如景龍四年（710）的〈人日宴大明宮恩賜綵縷人勝應制〉、〈立春日侍宴內殿出剪綵花應制〉等均是；或以眼前景，如景龍三年（709）的〈人日清暉閣宴群臣遇雪應制〉即是。以人日而言，依照古代傳統說法，正月一到六日分別是雞、狗、豬、羊、牛、馬等家畜們的好時候，七日才輪到人出頭的時候，所以為人勝日。在這一天，唐人盛行

剪彩色人勝，張貼以爲慶賀，景龍四年（710）宮中宴集於是便以這種節俗——綵縷人勝爲題，描繪節日氣氛；而在前一年的人日宴中，適逢下雪，因此便以「遇雪」爲題，詔群臣應制和作。皆是以即事即景爲描寫對象。雖如此，全詩之中仍充滿節慶味道，如：

> 鸞鳳旌旗拂曉陳，魚龍角觝大明辰。青韶既肇人爲日，綺勝初成日作人。聖藻凌雲裁柏賦，仙歌促宴摘梅春。垂旒一慶宜年酒，朝野俱歡薦壽新。（韋元旦〈奉和人日宴大明宮恩賜綵縷人勝應制〉《全唐詩》卷六九）

> 金閣妝新杏，瓊筵弄綺梅。人間都未識，天上忽先開。蝶繞香絲住，蜂憐豔粉迴。今年春色早，應爲剪刀催。（宋之問〈奉和立春日侍宴內出剪綵花應制〉《全唐詩》卷五二）

> 三陽偏勝節，七日最靈辰。行慶傳芳蟻，升高綴綵人。階前莫候月，樓上雪驚春。今日銜天造，還疑上漢津。（李嶠〈奉和人日清暉閣宴群臣遇雪應制〉《全唐詩》卷五八）

從上述三例中可以看出，雖然各詩別有遇雪、恩賜彩縷人勝、內出剪綵花等主題，然而節慶仍是主宰詩作內容的因素，只是另以它物烘托而已。

三月三日的上巳，雖然在東晉時曾有王羲之等群賢的蘭亭雅集喧騰一時，爲一般文士所重視，然而在宮廷之中，不管是蘭亭舊事，或上巳節，都沒有受到特別重視或注意，只是眾多節日中的一個，並沒有特別突出的慶賀飲宴。反映在宮廷宴飲詩作上，只有祓禊的節日意義特別明顯，如：

> 晴風麗日滿芳洲，柳色春筵祓錦流。皆言侍蹕橫汾宴，暫似乘槎天漢遊。（徐彥伯〈上巳日祓禊渭濱應制〉《全唐詩》卷七六）

> 青郊上巳豔陽年，紫禁皇遊祓渭川。幸得歡娛承湛露，心同草樹樂春天。（張說〈奉和三日祓禊渭濱應制〉《全唐詩》卷八九）

中宗景龍四年（710）祓禊渭濱，賜細柳圈，賦七言詩 [註9]，當時賦

〔註9〕 《唐詩紀事》卷九〈李適〉。

作者，除徐彥伯、張說二人外，《文苑英華》尚載有韋嗣立、劉憲、沈佺期、李乂等四人作品。詩以四句為之，內容不離祓禊範圍。又如沈佺期〈三日梨園侍宴〉：

> 九重馳道出，上巳禊堂開。畫鷁中流動，清龍上苑來。野花飄御座，河柳拂天杯。日晚迎祥處，笙鏞下帝臺。(《全唐詩》卷九六)

宴會舉行地點雖非水濱，在從詩作內容來看，仍是不脫祓禊的行為，描寫當日祓禊情景，上巳節日意義在此詩中明顯呈現。

　　一歲的終了與開始，在中國人的觀念中是特別重要的，唐人也不例外，在初唐早期戒慎進取、謹行宴樂時期，守歲與獻歲的宴飲活動頗受到重視，於是也有宴飲詩作傳世，如：

> 四時運灰琯，一夕變冬春。送寒餘雪盡，迎歲早梅春。(太宗〈於太原召侍臣賜宴守歲〉《全唐詩》卷一)

> 履端初起節，長苑命高筵。肆夏喧金奏，重潤響朱弦。春光催柳色，日彩泛槐煙。微臣同濫吹，謬得仰鈞天。(虞世南〈奉和獻歲讌宮臣〉《全唐詩》卷三六)

守歲與獻歲的宴飲詩作留存雖不多，但亦可以看出一歲變更對詩作內容的影響。

　　大抵而言，節慶宴飲詩比一般遊樂的宴飲詩更多了項應節應景的目的，因而在詩作內容表現上大多不脫節日的傳說與意義，圍繞著節慶主題進行書寫。由於詩歌內容圍繞著節慶主題，因此一般宮廷遊樂宴飲詩中慣常描寫的山水、歌舞內容，在節慶宴飲詩中反淪為次要的描寫對象，有時候山水、宴席的描寫，只是為了烘托節日意義的，並不是主角；甚者全無山水歌舞的描寫，如前述七夕詩的寫作，即是如此。在這一點的呈現上，節慶宴飲詩和一般的遊樂宴飲詩有很大的不同。

（二）玄宗朝（712～755）

　　玄宗朝節慶宴飲詩在寫作內容上與中宗以前有明顯的不同，雖然處於節慶中，不離節慶書寫，然而相關節慶的表現卻已為其他主題所

取代、滲透。

1. 政治意義超越節慶意義

同是宮廷環境，雖然宴飲理由不同，或爲遊樂，或爲節慶，然而君王重視政教的心態不變，詩作的內容也就難以有轉變的發生。

節慶宴飲詩的寫作，由於宮廷具表率功能，基本上都不免應景，對節慶傳說或意義等進行書寫，玄宗朝宮廷節慶宴飲詩自然也不例外，如寫十五元宵夜：「遊人多畫日，明月讓燈光。」（王維〈奉和聖製十五夜然燈繼以酺宴應制〉）；寫上巳：「奉迎從上苑，被禊向中流。」（王維〈三月三日曲江侍宴應制〉），「不降玉人觀禊飲，誰令醉舞拂賓席。」（張說〈三月三日詔定昆池宮莊賦得筵字〉）；寫清明：「承恩如改火，春去春來歸。」（張說〈清明日詔宴寧王山池賦得飛字〉）；寫端午：「四時花競巧，九子粽爭新。」（唐玄宗〈端午三殿宴群臣探得神字〉）。雖然如此，但與中宗朝以前比起來，在中宗朝以前的節慶宴飲詩作中，節慶意義是詩作重心，或通篇描繪節慶傳說（如七夕詩），或圍繞節慶習俗、意義（如人日、上巳、九日等）；但是到了玄宗朝的宮廷節慶宴飲詩中，與節日相關的書寫卻是次要的，如前述詩句，只是一種背景的襯寫，有些詩作內容幾乎感覺不到節日的存在，如王維〈三月三日勤政樓侍宴應制〉：

> 絲仗連宵合，瓊樓拂曙通。年光三月裏，宮殿百花中。不數秦王日，誰將洛水同。酒筵嫌落絮，舞袖怯春風。天保無爲德，人歡不戰功。仍臨九衢宴，更達四門聰。（《王維集校注》卷四）

本詩約作於天寶年間（742～755）〔註10〕，若非詩題有「三月三日」字，幾乎可以將此詩視爲一般遊樂宴飲詩作。本詩在結構上以自然方式成篇，從傳統三段結構中蛻變而出，前二聯寫勤政樓四周景物，第

〔註10〕有關此詩寫作時間，陳鐵民先生以爲：「大致可推知此詩當作于安史之亂前。」詳細考述請見陳鐵民《王維集校注》（北京：中華書局，1997年）第二冊，〈三月三日勤政樓侍宴應制〉註一，頁375。

三聯「不數秦王日，誰將洛水同」，打破慣例，以不工整的寬對方式，述說一己對此次宴集的感受，將當下時間和古代秦昭王、周公牽連在一起，利用時空的交錯感覺，歌詠此次宴飲的高雅，在整首詩中特別突出。第四聯寫舞筵之景，最後兩聯因筵而歌頌君王德政，寫四方臣民歡樂之情。全詩旨在突顯朝廷德政，謳歌盛世，充滿濃厚政治意味。又如趙良器〈三月三日曲江侍宴〉：

> 聖祖發神謀，靈符叶帝求。一人光錫命，萬國荷時休。雷解圜丘畢，雲需曲水遊。岸花迎步輦，仙仗擁行舟。睿藻天中降，恩波海外流。小臣同品物，陪此樂皇猷。（《全唐詩》卷二○三）

詩中雖然曾提及「曲水」，然而唐人每逢春日喜於曲江遊宴，並不限於上巳，因此詩中雖有「曲水」一詞，然而和上巳的關聯卻十分薄弱，上巳節日意義在此詩中根本不是寫作重心，如初唐詩期宴飲詩慣常描寫的宴飲景物形容，在此也不是表現重點，詩中所傾力描寫的，是明君盛世的詠嘆，是朝政的描繪。

從上述詩例中明顯可以發現，相較於中宗以前節慶宴飲詩的不脫節日傳說等意義，玄宗朝節慶宴飲詩則明顯擺脫節慶拘束，政治意義超越一切。和本時期的遊樂宴飲詩相似，宮廷節慶宴飲詩中縱使再怎麼書寫宴飲的歡愉，節慶的喜樂，最末一定歸結於政治，種種歡愉的書寫，都是爲了烘托詩末政治清明的形容。而這種詩風的形成，當推帝王的喜好與首倡。以唐玄宗〈千秋節宴〉詩爲例：

> 蘭殿千秋節，稱名萬壽觴。風傳率土慶，日表繼天祥。玉宇開花萼，宮縣動會昌。衣冠白鷺下，帷幕翠雲長。獻遺成新俗，朝儀入舊章。月銜花綬鏡，露綴綵絲囊。處處祠田祖，年年宴杖鄉。深思一德事，小獲萬人康。（《全唐詩》卷三）

開元十七年（729），百僚表請以每年八月五日上誕日爲千秋節；開元十八年（730）禮部又奏請千秋節休假三日，及村閭社會，並就千秋節先賽白帝，報田祖，然後坐飲。玄宗有感此節的設立，因此賦詩以示群臣。

〔註11〕詩中玄宗深深表明君王施政對臣民影響的深刻,「深思一德事,小獲萬人康」。雖爲節慶之賦,不乏宴飲的書寫,然而眞正的關注卻在黎民,在政治,在教化。又如〈端午三殿宴群臣探得神字〉:

> 五月符天數,五音調夏鈞。舊來傳五日,無事不稱神。穴枕通靈氣,長絲續命人。四時花競巧,九子粽爭新。方殿臨華節,圓宮宴雅臣。進對一言重,遒文六義陳。股肱良足詠,風化可還醇。(《全唐詩》卷三)

本詩分爲兩部分,前八句由端午說起,爲應節的敘述,第九、十兩句寫宴飲活動的舉行,作爲轉折,將詩由節慶意義自然轉入宴飲意義。至於宴飲的意義,詩前〈序〉一開始即云:「律中蕤賓,獻酬之象著;火在盛德,文明之義煇。故以式宴陳詩,上和下暢者也,朕宵衣旰食,輯聲教於萬方;卜戰行師,總兵鈐於四海。勤貪日給,憂忘心勞,聞蟬聲而悟物變,見槿花而驚候改,所賴濟濟朝廷,視成鴛鷺;桓桓邊塞,責辨熊羆。」明顯有政治掛帥之意,因而詩末四句,直接自我表達政治的期望。本詩中,相關於端午的描寫雖較多,但卻不是詩作重心,只是堆砌故實,類比成句;唐玄宗眞正著意的,還是政治教化的良善。此外,又如〈端午武成殿宴群臣〉詩末亦言:

> 億兆同歸壽,群公共保昌。忠貞如不替,貽厥後昆芳。(《全唐詩》卷三)

這種源自君王的政治關懷,引導了盛唐時期整個宮廷宴飲詩的普遍走向。

雖說盛唐宮廷節慶宴飲詩中政治意義超越節慶意義,然而仍是有少數作品中節日意味濃厚的,如張說〈端午三殿侍宴應制探得魚字〉:

> 小暑夏弦應,徽音商管初。願齎長命縷,來續大恩餘。三殿褰珠箔,群官上玉除。助陽嘗麥彘,順節進龜魚。甘露垂天酒,芝花捧御書。合丹同蜾蜮,灰骨共蟾蜍。今日傷

〔註11〕《舊唐書》卷八〈玄宗紀〉。又〈千秋節宴序〉《全唐詩》卷三。

－220－

　　蛇意，銜珠遂闋如。(《全唐詩》卷八八)

本詩全是端午應景的敘述，如節令上的「小暑」，端午避邪驅祟的節物「長命縷」，驅瘟除毒的節俗「天酒」(雄黃酒)「傷蛇意」，與捕「蟾蜍」的節俗等皆入於詩中〔註12〕，節日意味在本詩中特別濃厚，然而這僅是少數特例而已。雖寫節俗，何嘗不是帝王德政的歌揚：唯有天下太平，方能有此一群臣共樂的節日活動。此外，唐代帝王有在端午日賜大臣長命縷的習俗，是以詩中有「願齎長命縷，來續大恩餘」的感恩之詞。雖然節慶意義在本詩中特別重要，然而背後的政治因素仍是不容忽視的。

　　從玄宗朝開始，我們又可以在宮廷宴飲詩中發現一些朝臣任職、上官時君王賜宴賦詩的慶賀作品，這些作品，對良好政教的歌詠更是明顯，如開元十三年（725），改麗正殿書院為集賢殿書院，授張說為集賢殿學士，上並賜宴、賦詩〔註13〕，群臣屬和者，今可見有張說、源乾曜、蘇頲、賀知章、徐堅等十七人，每一篇作品中皆充滿政教氣氛，試以源乾曜詩為例：

　　　　盛業光書府，徵人盡國英。絲綸賢得相，群俊學為名。寵命垂天錫，崇恩發睿情。薰風清禁禦，文殿述皇明。日齋庭陰出，池暄水氣生。歡娛此無限，詩酒自相迎。(〈奉和聖製送張說上集賢殿學士賜宴〉《全唐詩》卷一〇七)

本詩詩題雖然有「送」字，然而在性質上卻不屬於送別詩，雖有「送」的舉動，然而卻不曾有「別」的發生，張說仍是在朝為官，以中書令兼授集賢殿學士，知院事。此次賜宴活動中，源乾曜以陪客身份，應制作為此詩。舉源乾曜為例，並不是他作的詩特別好或其他理由，只是單純地想從源乾曜這一個「局外人」的角度，來看這種「政治」因

〔註12〕有關端午節慶習俗，參見韓廣澤、李岩齡《中國古代詩歌與節日習俗》(天津：天津人民出版社，1992年)，頁137～169。
〔註13〕《舊唐書》卷九七〈張說傳〉：「玄宗尋召（張）說及禮官學士等賜宴於集仙殿，謂說曰：『今與卿等賢才同宴於此，宜改名為集賢殿。』因下制改麗正書院為集賢殿書院，授說集賢殿學士，知院事。」

子的滲透情形。源氏此詩首先歌頌集賢殿學士設置的善政，稱讚學士（包括張說）的才華，又歌頌朝廷的恩澤，雖述及宴飲活動，然而整首詩重在展現和諧的君臣關係。又如開元十七年（729），左丞相張說、右丞相宋璟、太子少傅源乾曜三人同日拜官，玄宗詔太官設饌，太常奏樂，會百官尚書省東堂，帝賦詩，並命群臣唱和。當時所賦詩作，現存者尚有七首，試以蕭嵩詩爲例：

> 審官思共理，多士屬惟唐。歷選台庭舊，來熙帝業昌。入
> 朝師百辟，論道協三光。垂拱咨元老，親賢輔少陽。登庸
> 崇禮送，寵德耀宸章。御酒飛觴洽，仙闈雅樂張。荷恩思
> 有報，陳力愧無良。願罄公忠節，同心奉我皇。（蕭嵩〈奉和
> 御製左丞相說右丞相璟太子少傅乾曜同日上官命宴都堂賜詩〉《全唐
> 詩》卷一○八）

蕭嵩此詩，幾乎句句不離政治，或歌頌朝廷德政，或陳述施政情形，有關宴飲的敘述，僅「御酒飛觴洽，仙闈雅樂張」兩句，政治教化構築了此詩的主要架構，「禮」是維繫此詩的主要思想。

2.道教的滲透與影響

　　唐代道教盛於唐玄宗時期。唐玄宗是中國歷史上著名崇信道教的皇帝，在他近半世紀的統治中，自始至終地崇奉道教，並且把道教推向全面發展的繁榮時期〔註14〕。節慶傳說，本即或具有道教色彩，或不免道教儀式〔註15〕，唐玄宗大規模的崇信道教，促使道教或影響此時期的宮廷節慶宴飲詩寫作。就唐玄宗詩作而言，如前面已然提過的〈端午三殿宴群臣探得神字〉詩中「穴枕通靈氣，長絲續命人」句，即頗具道家風味。在朝臣的作品中，亦呈現出受君王崇信道教影響的痕跡，如趙良器〈三月三日曲江侍宴〉：

〔註14〕有關唐玄宗崇信道教一事，詳見任繼愈主編《中國道教史》（上海：上海人民出版社，1990 年）第二編第七章二、〈唐玄宗崇信道教活動〉，頁 274～284。

〔註15〕如九日有關漢代費長房故事，即具道教神秘色彩；如端午貼符避邪習俗，即爲道教儀式。

聖祖發神謀，靈符叶帝求。一人光錫命，萬國荷時休。雷解圜丘畢，雲需曲水遊。岸花迎步輦，仙仗擁行舟。睿藻天中降，恩波海外流。小臣同品物，陪此樂皇猷。(《全唐詩》卷二○三)

《舊唐書》卷二四〈禮儀志四〉載：「天寶元年（742）正月癸丑，陳王府參軍田同秀稱於京永昌街空中見玄元皇帝，以『天下太平，聖壽無疆』之言傳於玄宗，仍云桃林縣故關令尹喜宅傍有靈寶符。發使求之，十七日，獻於含元殿。……桃林縣改靈寶縣。」本詩前四句，以及第九、第十句所稱述的就是這件事。依此推測，本詩應作於天寶元年（742），雖爲上巳節慶宴，但仍以當時最熱門的靈符爲話題，作爲歌頌，是標準受唐玄宗崇信道教影響下的作品。又如張說〈皇帝誕降日集賢殿賜宴〉：

仲秋金帝起，五日土行昭。瑞表壬寅露，光傳甲子宵。陰風吹大澤，夢日照昌朝。不獨華封老，千年喜祝堯。(《全唐詩》卷八七)

張說有多首奉和應制書寫道教的作品，如〈道家四首奉敕撰〉即是。本詩雖非道家儀式關係之作，然而由於唐玄宗對道教的崇信喜好，因而在此祝壽賜宴詩中，專言陰陽五行，充滿玄道之思，完全投帝王所好的表現。

道教思想滲透於節慶宴飲詩中的，又如：

金籙三清降，瓊筵五老巡。(崔國輔〈九日侍宴應制〉《全唐詩》卷一一九)

五德生王者，千齡啓聖人。赤光來照夜，黃雲上覆晨。……珠囊含瑞露，金鏡抱仙輪。(張說〈奉和聖製千秋節宴應制〉《全唐詩》卷八八)

重九節日傳說漢代費長房故事，本即帶有道家神秘色彩；千秋節爲唐玄宗誕降日，唐玄宗崇信道教，因而賦作中不免有道教的書寫。

（三）安史亂後（756～907）

安史亂後宮廷節慶宴飲詩保存的數量雖比同時期遊樂宴飲詩多

些，有二十六首，但總體而言，安史亂後宮廷宴飲詩的保存篇數比起安史亂前來仍是少了許多〔註16〕。現今可見的這二十六首詩作，多為德宗朝作品。

1. 應制詩政治為尚

德宗朝的宮廷詩作風格，基本上沿襲玄宗朝作風而更甚之，在遊樂宴飲詩時如此，節慶宴飲詩亦是如此，因此有關節慶宴飲詩作方面，亦是表現出對政教的重視勝過節慶的書寫。以德宗〈重陽日賜宴

〔註16〕 這是一個很耐人尋味的事情。如前章引述，中晚唐時期，至少有德宗、文宗、宣宗三朝君王喜好文學，曾多次與臣下賦詩唱和，風氣之盛，頗追初唐。此三位君王在位期間，共有五十二年之久，再加上中晚唐君王普遍喜歡遊宴等活動，照這樣看來，中晚唐時期的宮廷詩宴飲應不在少數，然而《全唐詩》中存有的中晚唐宮廷宴飲詩竟然僅三十餘首，和初唐的二百餘首、盛唐的七十餘首相較，不管從時間比較上，或詩作總數上來看，這樣的數量實在是不成比例的十分寡少。按理說，時代越久遠的詩作，保存越不易，亡佚的情形應該也越嚴重，然而在宮廷宴飲詩的流傳方面，卻出現這樣一個反規律的現象。探究原因，和中晚唐學士不擅賦詩應有關聯。安史亂後的學士擅長的是「深謀密詔」，公文書的寫作一流，但是詩歌卻不是他們所拿手的，因此善於作詩的文宗便深感不足，曾興起設置「詩學士七十二員」的念頭。朝臣李玨以為「詩人多窮薄之士，昧於職理。」，正反映出朝中學士與詩人的不同之處。文宗朝的學士，或可以鄭覃為例，鄭覃於文宗朝先後充任翰林侍講學士、弘文館大學士，《舊唐書》稱其「雖精經義，不能為文」，文宗曾於延英殿論古今詩句工拙，鄭覃竟以為「五言七言，辭非雅正，不足帝王賞詠。……近代陳後主、隋煬帝皆能章句，不知王者大端，終有季年之失。章句小道，願陛下所不取。」對詩歌創作直接表達反對、鄙視之意。此外，《舊唐書》卷一五四〈熊望傳〉亦言：「昭愍（敬宗）嬉遊之隙，學為歌詩。以翰林學士崇重，不可褻狎，乃議別置『東頭學士』，以備曲宴賦詩，令採卑官才堪任學士者為之。」然而不管是文宗的「詩學士」，或是敬宗的「東頭學士」，最後都沒有設成。陪幸宴飲的學士不擅賦詩，再加上朝廷威望日下，藩鎮桀驁不馴，宮廷詩作，既無佳作，又多陳詞，誇飾帝業，脫離現實，誰復歌詠？詩方做完或即同廢紙般，連宮門都難出，更何流傳之有？既無流傳，自是淹滅無人問了。晚唐兵災不斷，好詩尚且不暇保存，更遑論此宮廷應制、無人青睞之作？以是得以流傳下來的自然少之又少了。

曲江亭賦六韻詩用清字〉一詩為例：〔註17〕

> 早衣對庭燎，躬化勤意誠。時此萬機暇，適與佳節并。曲
> 池潔寒流，芳菊舒金英。乾坤爽氣滿，臺殿秋光清。朝野
> 慶年豐，高會多歡聲。永懷無荒戒，良士同斯情。（《全唐詩》
> 卷四）

〈序〉云：「朕在位僅十載，實賴忠賢左右，克致小康，是以擇三令
節，錫茲宴賞，俾大夫卿士，得同歡洽也。」詩作於貞元四年（788）
九月，時方平定李希烈等諸鎮叛亂事不久，朝廷有中興之望，長久以
來停辦的宮廷宴集剛恢復舉行〔註18〕，因而表現在詩中，對重陽佳節
只是從節氣角度泛寫，節日意義並未見突顯，主要是在呈現對政教的
重視。德宗其他節慶宴飲詩作，表現亦多與此相類似，如：

> 東風變梅柳，萬彙生春光。中和紀月令，方與天地長。耽
> 樂豈予尚，懿茲時景良。庶遂亭育恩，同致寰海康。君臣
> 永終始，交泰符陰陽。曲沼水新碧，華林桃梢芳。勝賞信
> 多歡，戒之在無荒。（〈中和節賜群臣宴賦七韻〉《全唐詩》卷四）
> 韶年啟仲序，初吉諧良辰。肇茲中和節，式慶天地春。歡
> 酣朝野同，生德區宇均。雲開灑膏露，草疏芳河津。歲華
> 今載陽，東作方肆勤。慚非薰風唱，曷用慰吾人。（〈中和節
> 日宴百僚賜詩〉《全唐詩》卷四）

雖處節慶、宴樂之中，然而德宗仍時時不忘戒慎警惕，砥礪不可荒廢
心志於享樂之中；並注重政治、教化，克己勉勵的情形，更甚於玄宗。
節慶在詩中，只是一個引子。對德宗朝臣來說，節慶賜宴活動是他們

〔註17〕嚴格說來，本詩寫作與前定義的「宴飲詩」有些出入，因為事實上，本
　　　詩並非作於宴飲即席上的，《舊唐書》卷一三七〈劉太真傳〉：「貞元四
　　　年（788）九月，賜宴曲江亭，帝為詩，……因詔曰：『卿等重陽會宴，
　　　朕想歡洽，欣慰良多，情發于中，因製詩序。今賜卿等一本，可中書門
　　　下簡定文詞士三五十人應制，同用清字，明日內於延英門進來。』宰臣
　　　李泌等雖奉詔簡擇，難於取捨，由是百僚皆和。」是本次宴會，乃君主
　　　賜宴，君主本人未必親身參與活動；且詩亦非筵席即席所作，而是隔日
　　　交卷。此種賦作風式，與可知中宗朝以前遊宴賦作方式並不相同。
〔註18〕貞元四年（788）正月，正史中始見安史亂後首次宮廷宴飲活動。

一年之中最主要的「宴遊」機會〔註19〕，在這難得遊宴的機會之中，帝王賦作又明白告示「戒之在無荒」，君上抱持著這種態度舉行宴會，因而臣下和詩，亦不能離其意，如權德輿〈奉和聖製中春麟德殿會百僚觀新樂〉：

> 仲春藹芳景，內庭宴群臣。森森列干戚，濟濟趨鉤陳。大樂本天地，中和序人倫。正聲邁咸濩，意象含羲文。玉俎映廟服，金鈿明舞茵。聖藻風自盡，時泰恩澤溥，功成行綴新。賡歌仰昭回，竊比革封人。（《全唐詩》卷三二〇）

權德輿此詩，溫和雍雅，較近似於玄宗朝臣之作，其中如「森森列干戚，濟濟趨鉤陳」句，藉由筵宴威容來壯佐君威，則是德宗朝特殊的風味。詩雖為中和節之作，然而對節俗的形容，不如筵宴的形容；對筵宴的形容，又不如政教的書寫，全詩所述，實以政教為上。在德宗朝的所有節慶相關的應制詩作，全都脫離不了政教的形容，如：

> 聖言在推誠，臣職惟匪躬。鎖細何以報，翾飛淳化中。（權德輿〈奉和聖製豐年多慶九日示懷〉《全唐詩》卷三二〇）

> 聖心憂萬國，端居在穆清。玄功致海晏，錫讌表文明。……捧藻千官處，垂戒百王程。復睹開元日，臣愚獻頌聲。（韋應物〈奉和聖製重陽日賜宴〉《全唐詩》卷一九〇）

> 天文見成象，帝念資勤恤。探道得玄珠，齋心居特室。豈如橫汾唱，其事徒驕逸。（崔元翰〈奉和聖製重陽旦日百僚曲江宴示懷〉《全唐詩》卷三一三）

比起盛唐時來，我們可以發現中唐宮廷詩人在詩意上更吻合君王原作，在歌頌之餘，流露出一種兢兢業業的態度，這也反映在安史亂後，群臣上下一心，力圖革新的精神。德宗朝時，距天寶盛世不過三十餘年，雖然安史之亂帶來衰敗，然而朝臣多有天寶盛世的體驗，在情感

〔註19〕德宗雖然屢屢賜錢「任文武百僚選勝地追賞為樂」，直接鼓勵宴飲活動的進行，實際上對群臣的宴集活動是加以嚴密管制的，「朝官或相過從，金吾皆上聞」，結果造成「人家不敢歡宴，朝士不敢過從」。詳見第三章第一節的敘述。

上對太平盛世還抱有依戀、期盼之情，希望能夠再恢復盛世局面，因此，詩中所呈現的，雖滿懷推誠、戰兢之意，然而所期盼的，皆是「四聰聞受諫，五服遠朝王」〔註20〕的「萬國希可親」〔註21〕大局面，希望能夠「復睹開元日」，對中興的渴望之情溢於詞表。

　　德宗以後，宮廷宴飲詩留存的不多，因此只能從此浮光片羽中，窺見一些概況，如宣宗〈重陽錫宴群臣〉：

　　　款塞旋征騎，和戎委廟賢。傾心方倚注，協力共安邊。(《全
　　　唐詩》卷四)

原詩下注：「時收復河湟。」在晚唐君主中，宣宗算是表現還不錯的一位，當時時論以爲大中之政有貞觀之風，從此詩來看，果然類似。詩中呈現出君臣一心的企盼，表現出對賢臣的倚重之情；帝國恢宏的氣勢不復見，只求「款塞」「安邊」的小願達成。從德宗到宣宗，前後相去六十年，唐帝國的衰敗日甚一日，賢明帝王的戰兢之情，終不能掩現實的殘破政局，宮廷宴飲詩中，於是有如此推誠致意的君王詞句。雖爲重陽作，詩中卻不一字涉及節俗事。宣宗此作，現存魏暮和詩一首，內容亦無一字涉及節慶：

　　　四方無事去，宸豫杪秋來。八水寒光起，千山霽色開。(〈和
　　　重陽錫宴御製詩〉《全唐詩》卷五六三)

2. 無干應制之作多寫節筵即景即事

　　宮廷宴飲詩最爲人所垢病的地方，多源出於應制的局限，然而中晚唐時期宮廷宴飲活動中另有一種無干應制的宴飲詩作留存，如張籍（766？～830？）〈寒食內宴二首〉：

　　　朝光瑞氣滿宮樓，綵纛魚龍四面稠。廊下御廚分冷食，殿
　　　前香騎逐飛毬。千官盡醉猶教坐，百戲皆呈未放休。共喜
　　　拜恩侵夜出，金吾不敢問行由。

　　　城闕沉沉向曉寒，恩當令節賜餘歡。瑞煙深處開三殿，春

〔註20〕尚宮宋氏若憲〈奉和御製麟德殿宴百官〉，《全唐詩》卷七。
〔註21〕德宗〈中春麟德殿會百僚觀新樂詩一章章十六句〉，《全唐詩》卷四。

> 雨微時引百官。寶樹樓前分繡幕，綵花廊下映華欄。宮筵
> 戲樂年年別，已得三迴對御看。（《全唐詩》卷三八五）

擺脫應制賦詩的種種局限，去除掉宣揚政教、歌功頌德、諛詞諂媚的
格套，張籍此二首詩中，呈現出輕快自然的氣息，濃厚的節慶氣氛，
寫出節慶日宮廷設宴，百官歡樂的情形，寫眞的手法，頗有上追中宗
朝詩風，只是在節宴的呈現之外，更多加了一份中宗朝詩人未嘗有的
自由、率眞之氣。又如韓偓（844～923）〈錫宴日作〉：

> 玉銜花馬蹋香街，詔遣追歡綺席開。中使押從天上去，外人
> 知自日邊來。臣心淨比漪漣水，聖澤深於激灩杯。纔有異恩
> 頒稷契，已將優禮及鄒枚。清商適向梨園降，妙妓新行峽雨
> 迴。不敢通宵離禁直，晚乘殘醉入銀臺。（《全唐詩》卷六八○）

原詩下注：「是歲大稔，內出金幣賜百官，充觀稼宴，學士院別賜越
綾百匹，委京局句當。後宰相一日宴於興化亭。」這一次宮廷宴飲活
動，乃由帝王出資，賜群臣集體宴樂，但君王不曾參與。錫宴詩作，
在此之前雖然不乏其篇，然而多類同於應制詩，三段結構，詩中充滿
對君王恭敬、歌頌、阿諛之意，韓偓此詩獨不然。這種差異的產生，
應從當時政局說起。韓偓於昭宗朝爲學士待詔，當時朱全忠等藩鎮跋
扈擅政，玩弄昭宗於指掌間，廢立隨意，帝王尊嚴不復存。在這種情
況下，宮廷宴飲詩的質變是形勢所趨，非關詩歌革新。本詩迥異於前
述宮廷宴飲詩作華詞麗句的堆砌雕琢，以寫眞的詞語，記錄當時狀
況：「中使押從天上去，外人知自日邊來」；在一片清商妙妓的歡宴聲
中，表達出一個忠於朝廷君王微小臣子的誠心：「臣心淨比漪漣水，
聖澤深於激灩杯」；雖然在宴樂中，亦不敢輕怠職務：「不敢通宵離禁
直，晚乘殘醉入銀臺」，在大權旁落之際，仍能不忘君主，不忘職責。
韓偓此詩，不僅爲當時宮廷宴飲的寫眞，更是自我忠誠的表白。

綜合上述可知，安史亂後的宮廷節慶宴飲詩相關節慶的表現有兩
種情形：君主詩作與朝臣應制諸作，主要表現以政教爲主，雖或有節
慶相關事務以及節宴的書寫，但重點卻是在政治。而無關應制的作品

中，則純由節筵入筆，是節筵的寫真，是當時宮廷生活的映像，自由率真，充滿歡樂氣息，表現與應制作品截然不同。

從內容的不脫節慶意義與傳說，到政治超越節慶的表現；由政治超越節慶的表現到政治擅場，節慶退位，唐代宮廷節慶宴飲詩（主要是君王賦作與朝臣應制部分）隨著時代的潮流而轉變，爲政治服務的情形越來越明顯。只有在安史亂後極少數脫離應制束縛的作品中，方能純爲節慶宴飲活動而書寫，眞實地表達活動現實。

二、寫作態度

宮廷宴飲詩的傳統三段範式，最末一段必爲作者表現個人的態度或感受，因而從尾聯的表現，往往可以窺知作者寫作時所秉持的態度。

（一）君王態度

中宗以前，宮廷節慶宴飲詩的內容不脫節慶意義與傳說，尤其是高宗以前，通篇全是與節俗相關的書寫，如太宗〈於太原召侍臣賜宴守歲〉與高宗〈七夕宴玄圃二首〉等詩，只是一種應節的歌詠，類書型的創作，無涉個人感受。中宗迭於遊樂，詩作受前代影響，堆砌應節詞句，著眼於遊樂，「何藉龍沙上，方得恣淹留」〔註22〕，專注於遊樂之中，呈現濃厚的享樂氣息。

玄宗矯中宗沉迷遊樂之弊，復興儒學，重政治教化，以生民爲念，這種心態，皆在詩尾反映，如：

深思一德事，小獲萬人康。（〈千秋節宴〉《全唐詩》卷三）

股肱良足詠，風化可還醇。（〈端午三殿宴群臣探得神字〉《全唐詩》卷三）

俾予成百揆，垂拱問彝倫。（〈左丞相說右丞相璟太子少傅乾曜同日上官命宴東堂賜詩〉《全唐詩》卷三）

玄宗肯定節慶宴飲活動的價值，把節慶宴飲活動視爲良政推行的方式，著重其政教功能，而所有這一切，玄宗最終的希望是「所希光史

〔註22〕中宗〈九月九日幸臨渭亭登高得秋字〉，《全唐詩》卷二。

冊，千載仰茲晨」〔註23〕。

　　安史亂後，面對國內藩鎮與國外吐蕃的交相侵擾，叛服不定，德宗時雖小獲中興，但這種中興並不是永遠的勝利、安定的表徵，於是珍惜得來不易的太平，雖在君臣同歡宴飲之際，也不敢有所鬆懈，表現在詩作中，如：

　　　永懷無荒戒，良士同斯情。(〈重陽日賜宴曲江亭賦六韻詩用清字〉
　　　《全唐詩》卷四)

　　　此樂匪足耽，此誠期永孚。(〈重陽日中外同歡以詩言志因示群官〉
　　　《全唐詩》卷四)

　　　勝賞信多歡，戒之在無荒。(〈中和節賜群臣宴賦七韻〉《全唐詩》
　　　卷四)

　　　戒茲遊衍樂，書以示群臣。(〈三日書懷因示百僚〉《全唐詩》卷四)

德宗謹慎行事的性格，透過「無荒」之戒，完全表現在詩作之中。

　　一代君王有一代君王的性格，看待節慶宴飲活動的態度也不一致，大抵而言，太宗、高宗尚保守，重視節慶的意義；中宗則在節慶意義外，逸出爲樂；玄宗以建立千秋善政期許，爲節宴加上政教功能；而德宗面對難得舉行的節慶宴飲活動，雖宴而不敢縱情爲樂，這種心態，主導了宮廷節慶宴飲詩的走向。

（二）朝臣態度

1. 中宗朝以前（618～710）：以媚詞作結

　　秉持宮廷詩的歌頌傳統，在節慶的歡宴詩中，中宗朝以前大多數的詩作仍是脫離不了以歌頌等諂媚詞句作結的舊習，如：

　　　微臣同濫吹，謬得仰鈞天。(虞世南〈奉和獻歲讌宮臣〉《全唐詩》
　　　卷三六)

　　　侍臣咸醉止，恆慚恩遇崇。(薛曜〈正夜侍宴應詔〉《全唐詩》卷
　　　八○)

〔註23〕玄宗〈集賢書院成送張說上集賢學士賜宴得珍字〉，《全唐詩》卷三。

今日銜天造，還疑上漢津。(李嶠〈奉和人日清暉閣宴群臣遇雪
應制〉《全唐詩》卷五八)

承恩常若此，微賤幸昇平。(劉憲〈奉和人日清暉閣宴群臣遇雪
應制〉《全唐詩》卷七一)

小臣無以答，願奉億千杯。(盧藏用〈九日幸臨渭亭登高應制得
開字〉《全唐詩》卷九三)

宸極此時飛盛藻，微臣竊抃預聞韶。(崔日用〈奉和人日重宴
大明宮恩賜綵縷人勝應制〉《全唐詩》卷四六)

輕生承剪拂，長伴萬年枝。(沈佺期〈立春日內出綵花應制〉《全
唐詩》卷九六)

節慶宴飲詩由於節慶的歡樂氣息影響，因而在歌頌性的諛媚詞句表現
上，比一般遊樂宴飲詩更爲普遍。中宗時宮廷宴飲詩的新變風潮，雖
也影響至節慶所賦之詩，而有較自然清新的創作，如上官昭容〈奉和
聖製立春日侍宴內殿出翦綵花應制〉：「密葉因裁吐，新花逐翦舒。攀
條雖不謬，摘蕊詎知虛。春至由來發，秋還未肯疏。借問桃將李，相
亂欲何如。」(《全唐詩》卷五) 全詩頗有清新之感，在眾多宮廷詩中，
頗具特色與風格，是少數能擺脫宮廷拘束，而有主見的詩作。然而以
歌頌媚語作結的慣例，卻因爲節慶的歡樂氣息催化，而更加發揚、表
現，以歌頌之詞，將節慶宴飲活動的歡樂，推到最高點。

2. 玄宗朝 (712～755)：盛世的謳歌與媚語

君王的著眼於政教，臣下相和應制，自是必須順著君王詩意走
向，因此雖爲節慶宴飲詩，卻往往政教意味濃厚。就玄宗而言，是在
表達政教理念；就朝中大臣、學士而言，則是謳歌政教的清明，以及
太平的盛世，以王維詩爲例：

欲笑周文歌宴鎬，遙輕漢武樂橫汾。豈知玉殿生三秀，詎
有銅池出五雲。陌上堯樽傾北斗，樓前舜樂動南薰。共歡
天意同人意，萬歲千秋奉聖君。(〈大同殿柱產玉芝龍池上有慶
雲神光照殿百官共睹聖恩便賜宴樂敢書即事〉《王維集校注》卷三)

天寶七載（748），大同殿柱突然生出玉芝，龍池上又有慶雲神光照殿，此等異象，朝野共歡，於是君王賜宴樂，群臣賦頌。王維此詩，即是當時諸作之一。詩中「笑周文」、「輕漢武」，舉前代聖明盛世以爲比，極言文飾、歌頌天寶盛世，詩末以天人同歡爲言，不盡歌詠之情。雖不免有誇大形容、阿媚的嫌疑，然而所呈現的，卻是對當時太平治世的謳歌。又如：

> 群歡與王澤，歲歲滿皇州。（張說〈晦日詔宴永穆公主亭子賦得流字〉《全唐詩》卷八七）
>
> 歡娛無限極，書劍太平人。（崔國輔〈九日侍宴應制〉《全唐詩》卷一一九）
>
> 天保無爲德，人歡不戰功。仍臨九衢宴，更達四門聰。（王維〈三月三日勤政樓侍宴應制〉）
>
> 宸章在雲表，垂象滿皇州。（王維〈奉和聖製與太子諸王三月三日龍池春禊應制〉《王維集校注》卷四）
>
> 願將天地壽，同以獻君王。（王維〈奉和聖製十五夜然燈繼以醋宴應制〉《王維集校注》卷四）

與遊樂宴飲詩相同，節慶宴飲詩在政教色彩濃厚的表現中，多以歌詠太平盛世清明之局作結，而在內容氣象上多有恢宏的傾向，胸襟的開闊，眼光的遠大，在在都非初唐時期可以相比擬的。

然而在少數的詩作中，或亦出現如初唐時期般，以「微」、「小」自況的卑抑謙遜媚語，如：

> 微臣比翔泳，恩廣自無涯。（蘇頲〈奉和晦日幸昆明池應制〉《全唐詩》卷七四）
>
> 小臣同品物，陪此樂皇猷。（趙良器〈三月三日曲江侍宴〉《全唐詩》卷二〇三）

就整體來看，這種貶抑自己的謙卑表現在盛唐時期畢竟只是少數特例而已，然而從這種卑抑的媚語表現中，反映出在盛唐宮廷詩人心中，在氣勢恢宏的盛世謳歌背後，其實這種阿諛諂媚的奉承心態仍是存在

的，畢竟這是一種宮廷應酬的「傳統文化」，想要在宮廷內立身，得到君王愛眷，適當的恭維仍是必要的：喜歡聽好聽的話是人的潛在需要，每一個人都愛面子，尤其是力精圖治、大權在握的君王更是如此。

3. 安史亂後（756～907）：頌恩之餘不忘報國

雖然時代變遷，宮廷宴飲詩隨朝代而有不同的寫作內容，但是不管時代如何變遷，君臣關係永不變，是以臣下應制賦詩，終不免頌恩之詞，如：

> 慈恩匝寰瀛，歌詠同君臣。（李泌〈奉和聖製中和節曲江宴百寮〉《全唐詩》卷一〇九）

> 廣歌仰昭回，竊比華封人。（權德輿〈奉和聖製中春麟德殿會百寮觀新樂〉《全唐詩》卷三二〇）

> 小臣諒何以，亦此影華纓。（權德輿〈奉和聖製九月十八日賜百寮追賞因書所懷〉《全唐詩》卷三二〇）

> 微臣徒竊抃，豈足歌唐虞。（權德輿〈奉和聖製重陽日中外同歡以詩言志因示百僚〉《全唐詩》卷三二〇）

此等頌恩之辭，與安史之亂前並無二致，都是同一種奉承應酬心態的產物。但是由於現實政治中藩鎮桀傲不馴，內外紛擾，君威待振，於是或轉不切實際的頌恩奉承爲君王喜聽的竭力報國、盡忠朝廷的輸誠之詞。

> 聖言在推誠，臣職惟匡躬。瑣細何以報，翾飛醇化中。（權德輿〈奉和聖制豐年多慶九日示懷〉《全唐詩》卷三二〇）

> 輕生何以報，祇自比鴻毛。（李德裕〈寒食日三殿侍宴奉進詩一首〉《全唐詩》卷四七五）

頌恩之餘不忘輸誠報國，正是在安史亂後國勢衰微下的現實表徵。

綜合上述，可以發現，位處宮廷之中，朝臣應制賦詩，無不竭誠歌頌，或爲卑遜謙詞，或爲阿媚歌頌，或爲報國輸誠，皆是投君所好，不管是遊樂宴飲詩也好，或是節慶宴飲詩也好，基本上都不能脫離這種表達順服統治的歌頌字句。但更值得注意的是，在宮廷節慶宴飲詩中這種表達順服的情形比同爲宮廷的遊樂宴飲詩作來的更爲強烈，在

宮廷遊樂宴飲詩中，尤其是中宗朝作品，尚能不涉恭維，有清新自然之態表現，然而在宮廷節慶宴飲詩中，這種清新自然的表現卻是幾近於無，因此可以了解到，在節慶的特殊意義下，宮廷具有爲民表率的地位，是以君恩國威更需要朝臣的歌詠、突顯，這是宮廷節慶宴飲詩與宮廷遊樂宴飲詩較不一樣的地方。

第二節　文士節慶宴飲詩

出了宮門之外，文士的宴飲活動頻繁的舉行著。其中，節慶宴飲活動由於受到節慶本身的侷限，舉行的時間較爲固定，不像遊樂宴飲活動可以隨著文士的興致所至，隨時而宴，所以舉行次數不會有某一段時期突然暴增的現象；但也因爲它的節慶特殊屬性，意義重大，一般遊宴容易受外在因素（如戰爭、帝王禁令等）而中斷，節慶宴飲活動卻能在少受干擾的情形下穩定發展。現存的唐代節慶宴飲詩作數量〔註24〕，正好反映出這種穩定的情形存在：

表：唐代文士節慶宴飲詩統計表（單位：首）

時　　期	文士節慶宴飲詩現存詩作數目	平均每年創作首數	附錄：遊樂平均每年首數
中宗朝以前	51	0.54	0.46
玄　宗　朝	29	0.66	2.2
安史亂後	100〔註25〕	0.65	3.17

〔註24〕節慶宴飲詩的辨別，大抵從詩題上皆可看出，只有極少數的作品，必須靠詩〈序〉、或詩題小注、或詩句内容來辨識。研究的主要樣本來源：《全唐詩》與《全唐詩補編》，並兼及別集、選集。若有重出者，不管該詩重出次數，皆以一次（首）爲計。可以考知爲誤收之詩作，則刪去不論。凡是可以考知爲宴飲中即席創作之作，方在計算之列，否則，即姑且排除在外，不予計算。

〔註25〕此一百首作品中，十五首爲慶賀宴飲詩，八十五首爲節日宴飲詩。若直專從節日宴飲詩部分著眼，平均每年賦作 0.55 首，和安史亂前幾乎相當，差距不大（安史亂前的慶賀宴飲詩，僅玄宗朝詩一首）。

從上表中可以發現，節慶宴飲詩雖有多寡不一的情形，然而各個時期每年的創作平均數差別並不太大，可以証知前述穩定之說是可以存在的。若再參照一般遊樂宴飲詩作來看，可以發現在中宗朝以前，文士的節慶宴飲詩創作甚至稍高於遊樂宴飲詩，然而玄宗朝以後，文士的遊樂宴飲詩創作情形就遠遠超越過節慶宴飲詩了，安史亂後兩者間的差距更爲明顯，文士遊樂宴飲詩約爲節慶宴飲詩的五倍之多。

若再進一步深入探討，可以發現：現存中宗以前文士節慶宴飲詩，主要集中在四次宴飲活動中：〈三月三日宴王明府山亭〉詩六首，〈晦日宴高氏林亭〉詩二十一首，〈晦日重宴〉詩九首，〈上元夜宴效小庾體〉詩六首。這四次宴集加起來，即存詩作四十二首。除此之外，詩作保存的並不多，僅九首而已。玄宗以後，多爲一宴一詩；安史亂後，雖然文士有普遍聚集成群的情形，然而現存節慶宴飲詩作主要仍以一宴一詩的方式保存下來，這一點和中宗以前頗不相類。

一、相關「節慶」的呈現

唐人過節，雖然保存了許多傳承而來的儀式，「但在廣大民間，這些節日原有的禱祝、祭祀、信仰、禁忌方面的含義，固然并未完全消失，實際上卻在日趨淡薄。與此同時，節日的游藝娛樂性質卻呈日益加強之勢。」〔註26〕就節慶宴飲活動而言，相對於宮廷的爲民表率，在節日原有的禱祝、祭祀、禁忌等方面多保守，在民間，傳統節日的含義的轉趨淡薄，對於好新好奇的唐人來說，一年間平淡無奇、缺少情趣的日子還是太多了，他們就是要藉由各種節日來打破平凡，爲生活創造一點不一樣的氣氛，掀起高潮，因而游藝娛樂性質的增強，掩蓋過傳統節日的含義，盡情遊樂的結果，使得節日宴飲活動與一般遊樂宴飲活動間的差距拉近，這種情形，在社會安定的時候尤其明顯。

因爲「節慶」的存在，所以才有宴飲活動的發生，「節慶」是構成此種宴飲活動的主因，然而在這類活動中所賦作出的詩歌內容卻未

〔註26〕同註6，頁45。

必全圍繞著「節慶」書寫，且出了宮門之外，文士的表現和宮廷中也有很大的不同，以下試就時代的變遷，對節慶宴飲詩的表現作一探析。

（一）中宗朝以前（618～710）

中宗朝以前，詩歌是宮廷詩擅場的局面，且由於文士多有出入宮廷的經驗，因此寫作手法上頗具宮廷詩的影子。現存中宗以前節慶宴飲詩又幾乎都是兩京地區文士作品，在寫作上更是明顯宮廷作風。然而與宮廷節慶宴飲詩不同的是，中宗以前宮廷節慶宴飲詩內容不脫節慶的意義與傳說，而文士詩作則與此相背離，或詩中全無一句涉及「節慶」事，如：

> 披觀玉京路，駐賞金臺阯。逸興懷九仙，良辰傾四美。松吟白雲際，桂馥青溪裏。別有江海心，日暮情何已。（王勃〈上巳浮江宴韻得阯字〉《王子安集註》卷三）

> 鳳苑先吹晚，龍樓夕照披。陳遵已投轄，山公正坐池。落日催金奏，飛霞送玉巵。此時陪綺席，不醉欲何爲。（韓仲宣〈晦日重宴〉《全唐詩》卷七二）

> 尋春遊上路，追宴入山家。主事簪纓滿，皇州景望華。玉池初吐溜，珠樹始開花。歡娛方未極，林閣散餘霞。（陳子昂〈晦日宴高氏林亭〉《全唐詩》卷八四）

上述諸詩，雖題爲節慶之作，然而詩中寫景抒情，無一句與「節日」相干。這種全詩無一字及於節慶的寫作，在中宗以前甚爲常見，在全部五十一首中，有二十三首如是表現，佔 45%，比例甚高。

雖然如此，但對文士而言，宴飲活動畢竟是節日所促成的，因此在詩中或難免會提到相關節日諸事。然而節日只是歡宴的一個理由，不是重點；只是情感的一個引子，不是全部。因此表現在作品之中，有關節日之句或僅出現在首聯，以爲起頭，例如：

> 上巳年光促，中川興緒遙。綠齊山葉滿，紅淺片花銷。泉聲喧後澗，虹影照前橋。遽悲春望遠，江路積波潮。（王勃〈上巳浮江宴韻得遙字〉《王子安集註》卷三）

摘蘭藉芳月，袚宴坐迴汀。泛灩清流滿，葳蕤白芷生。金弦揮趙瑟，玉指弄秦箏。巖榭風光媚，郊園春樹平。煙花飛御道，羅綺照昆明。日落紅塵合，車馬亂縱橫。（陳子昂〈于長史山池三日曲水宴〉《全唐詩》卷八四）

上述詩中，僅首聯提及節慶，爾後詩句，全是對即景即事即情的描寫，若抽離前兩句，其實和一般的遊樂宴飲詩，甚至是山水詩，並沒有兩樣〔註27〕。

　　從上述中可以得知，中宗朝以前文士節慶宴飲詩作中，相關節慶的形容退到十分不起眼的位置，山水與宴席才是歌詠的主角，雖標示為節慶宴飲之作，然而卻明顯不受節慶束縛，與一般文士遊樂宴飲詩十分近似。對中宗以前的文士而言，節慶似乎並沒有什麼特別的地方，外面民間的遊藝活動或雖熱鬧，但他們在私人園林中，盡情遊宴，幾乎忘了節慶的存在，忘了宴飲活動舉行的初由。

　　現存中宗以前的文士節慶宴飲詩作主要集中在兩京地區四次宴飲活動中，具有很濃的應酬味道，並且受到宮廷詩寫作方式的影響深刻，為作詩而作詩，表達上流于程式化〔註28〕，是以詩作中幾乎全部是歡愉情感的呈現，以〈晦日宴高氏林亭〉詩為例，如陳子昂的「歡娛方未極，林閣散餘霞」（《全唐詩》卷八四），解琬的「歡娛屬晦節，酩酊未還家」（卷一○五），周思鈞「重惜林亭晚，上路滿煙霞」（卷七二），徐浩「藹藹林亭晚，餘興促流霞」（卷七二），高紹的「興洽林亭晚，方還倒載車」（卷七二），韓仲宣的「日落歸途遠，留興伴煙霞」，王羲的「綺筵歌吹晚，暮雨泛香車」、王茂時「未極林泉賞，參差落照斜」（卷七二）等等，尾聯均是呈現歡愉的氣息，表達的都是「天已晚了，該回去了，但我們餘興正濃，不想回去。」意思〔註29〕，與文士遊樂宴飲詩，甚至是宮廷詩的寫法完全相同，都是一種規格化的應酬語句。

〔註27〕類此作品，共十九首，佔全部的 37%。
〔註28〕霍然《隋唐五代詩歌史論》（長春：吉林教育出版社，1995 年）語，詳見第四章〈文士遊樂宴飲詩‧兩京地區〉引文。
〔註29〕斯蒂芬‧歐文歸納初唐宮廷詩的結尾，得此說法。

　　這種情況下，個人眞實情感的表達是不被重視的，因而在本時期的節慶宴飲詩作中，尤其是主要的那四次活動中所賦作的四十二首詩中，是完全看不到一絲絲悲傷的書寫的。只有在很偶爾的情形下，如前述王勃「遽悲春望遠，江路積波潮」的「悲」，是其中唯一的特例，然而王勃的這種悲傷也不是眞正的悲傷，〈序〉云：「吾之生也有極，時之過也多緒。若夫遭主后之聖明，屬天地之貞觀，得畎畝之相保，以農桑爲業，而託形宇宙者幸矣。況乃偃泊山水，遨遊風月，樽酒於其外，文墨於其間，則造化之於我得多矣。……昔周川故事，初傳曲路之悲〔註30〕；江甸名流，始命江陰之筆。盍遵清轍，共抒幽襟，俾後之視今，亦猶今之視昔。」〔註31〕可知這種悲傷，是在仿蘭亭尋求知音的心態下產生的，「俾後之視今，亦猶今之視昔」，背景是大唐欣欣向榮、充滿希望的清明盛世，是一種「生」與「時」的慨歎（「吾之生也有極，時之過也多緒」），頗有「爲賦新辭強說愁」的味道，雖然悲傷，但只是一種文士多愁善感的易悲之緒，基本上是建立在幸福、快樂，充滿希望的生活之上的。

　　總而言之，中宗朝以前節慶宴飲詩中相關節慶的書寫十分的稀少，近半數詩作甚至和遊樂宴飲詩殊無二致，詩作中不是寫山水，就是寫筵席，純然的應酬格式，缺乏個人眞實情感；表現的幾乎全是歡愉之情，只有王勃稍有「悲」的形容，然而王勃這種悲傷，是在充滿快樂與希望中的一種源自於文士多愁善感的「悲」，悲傷的指數是偏低的。

（二）玄宗朝（712～755）

　　持續中宗朝以前對節慶書寫的淡薄，玄宗朝詩人在節日宴飲詩的寫作時，相關節日的表現並不多，或只是如蜻蜓點水般的提及而已，如：

〔註30〕清蔣清翊注云：「『路』蓋『洛』字之訛，『悲』是『杯』字之訛。」
　　　　見蔣清翊《王子安集註》卷七，頁204。
〔註31〕王勃〈上巳浮江宴序〉《王子安集註》卷七。

稽亭追往事，睢苑勝前聞。飛閣凌芳樹，華池落綵雲。藉
草人留酌，銜花鳥赴群。向來同賞處，惟恨碧林曛。（張九
齡〈三月三日申王園亭宴集〉《全唐詩》卷四八）〔註32〕

春池滿復寬，晦節耐邀歡。月帶蝦蟆冷，霜隨獬豸寒。水
雲低錦席，岸柳拂金盤。日暮舟中散，郡人夾道看。（岑參
〈晦日陪侍御泛北池〉《岑參詩集編年箋註》頁 812）

上述諸篇的寫作方式，皆是明顯宮廷詩風調，對節日只是輕描淡寫的
提到，內容主要著重在節筵的書寫，若抽離節日之句，則和一般遊樂
宴飲詩並無多大區別。現今可見玄宗朝文士節慶宴飲詩中，約有六成
詩作採用此種方式結構成篇〔註33〕。若進一步探究可以發現，這套格
式主要應用在兩京地區與官場應酬中〔註34〕，換句話說，這是一種社
交的格套，是都城詩的標準作風。

　　而在一些遠離宮廷影響的地區，雖然能夠擺脫都城詩應酬格套的
拘束，但是相關節慶的表現也未必增多，如張說〈岳州九日宴道觀西
閣〉：

搖落長年歎，蹉跎遠宦心。北風嘶代馬，南浦宿陽禽。佳
此黃花酌，酣餘白首吟。涼雲霾楚望，濛雨蔽荊岑。登眺

〔註32〕《舊唐書》卷九五〈睿宗諸子傳〉：「惠莊太子撝，睿宗第二子也。……
睿宗踐祚，進封申王。……性弘裕，儀形壞偉，善於飲啖。」本詩
云「申王」，故應是盛唐時作品。

〔註33〕現存盛唐文士宴飲詩二十六首中，以相關節日起篇的有十首，將相
關節慶置於詩作中間者有六首，共佔 61%。

〔註34〕兩京地區之作，如張九齡〈三月三日申王園亭宴集〉（《全唐詩》卷
四八）、蘇頲〈寒食宴于中舍別駕兄第宅〉（《全唐詩》卷七三）與〈秋
社日崇讓園宴得新字〉（《全唐詩》卷七三）等詩，其中張九齡詩兼
為官場之作；官場之作，如岑參〈奉陪封大夫九日登高〉（《岑參詩
集編年箋注》頁339）、〈春日醴泉杜明府承恩五品宴席上賦詩〉（《岑
參詩集編年箋注》頁273）與〈晦日陪侍御泛北池〉（《岑參詩集編年
箋注》頁 812）、張子容〈九日陪潤州邵使君登北固山〉（《全唐詩》
卷一一六）、孟浩然〈和賈主簿弁九日登峴山〉（《孟浩然詩集箋注》
外編）、陰行先〈和張燕公湘中九日登高〉（《全唐詩》卷九八）。套
用斯蒂芬·歐文的說法，可以這麼說：這個寫作範式不管從寫作方
式或流行場所來看，其實就是都城詩的標準格套。

思清景，誰將眷濁陰。釣歌出江霧，樵唱入山林。魚以嘉
名采，木爲美材侵。大道由中悟，逍遙匪外尋。參佐多君
子，詞華妙賞音。留題洞庭觀，望古意何深。（《全唐詩》卷
八八）〔註35〕

張說因九日登高而興起貶官的悲傷，詩由沉鬱入筆，寫老臣白首遠宦
抑鬱的心情，所見所聞，無不帶淒楚之調，境遇的困頓，似乎連雲雨
也一起和詩人作對，情移景上。中段以後，寫心態的轉變，「登眺思清
景」，在想像中解脫眼前現世的逆境，化沉鬱之音爲明亮之調。全詩因
登高而起興，有關節慶僅「佳此黃花酌」一句，從小處書寫，節慶的
意味可說是極爲淡薄。又如高適〈陪竇侍御靈雲南亭宴詩得雷字〉：

人幽宜眺聽，目極喜亭臺。風景知愁在，關山憶夢迴。祇
言殊語默，何意忝遊陪。連唱波瀾動，冥搜物象開。新秋
歸遠樹，殘雨擁輕雷。簷外長天盡，尊前獨鳥來。常吟塞
下曲，多謝幕中才。河漢徒相望，嘉期安在哉。（《全唐詩》
卷二一四）

天寶十三載（754），高適在哥舒翰幕府中從事，時值七夕，賦爲此詩
〔註36〕。本詩雖爲七夕宴作，然而詩中除結尾「河漢」兩句借用七夕
傳說外，其他皆與七夕節慶略無相關之處。詩中既有邊塞詩之韻，又
有思鄉之愁，寫出涼州「軍中無事，君子飲食宴樂」〔註37〕的風雅情
事，旨在抒情，雖爲節慶日所作，節慶卻幾乎隱而不見。

　　整體而言，沿襲格套是盛唐節慶宴飲詩主要的寫作範式，在這個
格套中，有關節慶的書寫往往只是個引子，常有被忽視的情形，然而
對自然瀟灑、多才放逸的盛唐詩人來說，有時雖然因應場合，不免得
遵守「文化範式」，但只要環境許可，詩人常擺脫範式，而有意外之

〔註35〕開元四年（716）至七年（719）間，張說貶居岳州，此詩當爲其時
作品，故繫爲盛唐詩。
〔註36〕詩前有〈序〉，曰：「員外李公曰：七日者何？牛女之夕也。夫賢者
何得謹其詩，請賦南亭詩。」故知本詩爲七夕所作。佘正松《高適
研究》繫此詩於天寶十三載（754），見是書頁48。
〔註37〕本詩前〈序〉。

筆出現。如張諤〈九日宴〉：

> 秋葉風吹黃颯颯，晴雲日照白鱗鱗。歸來得問茱萸，今日
> 登高醉幾人。（《全唐詩》卷一一〇）

此詩雖然不見得高明，但自有其輕鬆自在、曠達之處；以七言絕句行之，基本上擺脫都城詩五言律詩格套，而有真性情的流露。又如孟浩然〈盧明府九日峴山宴袁使君張良中崔員外〉：

> 宇宙誰開闢，江山此鬱盤。登臨今古用，風俗歲時觀。地理荊州分，天涯楚塞寬。百城今刺史，華省舊郎官。共美重陽節，俱懷落帽歡。酒邀彭澤載，琴輟武城彈。獻壽先浮菊，尋幽或藉蘭。煙虹鋪藻翰，松竹挂衣冠。叔子神如在，山公興未闌。傳聞騎馬醉，還向習池看。（《孟浩然詩集箋注》卷二）

孟氏此詩以「宇宙」、「江山」起句，氣勢雄渾，不可方丈，全詩大開大闔間，卻緊緊扣住重陽節：不是應酬般的虛應其詞，點到為止，而是真正將節慶融入詩歌內容，不管寫景、狀宴、述人、用典，都充滿了濃厚的重九節慶意味。雖然從詩題可知，本次宴集諸官群集，孟浩然一介布衣，參與其中，卻沒有任何的忸怩不安或折腰媚人之姿，傲然飲酒，縱情為樂。斯蒂芬‧歐文說得好：「都城詩人習慣於三部式結構和一致語言，而孟浩然的詩卻隨意地從一個主題轉向另一主題，從一種情緒轉向另一種情緒。」「對於盛唐的新感覺，對於都城詩人，他的散漫風格是自由的標誌。」〔註38〕，節慶宴飲詩的標準範式，帶有強烈宮廷詩風格，孟浩然打破這種範式，隨情感而自在流動，這是一種突破，一種創新。雖然，孟氏此詩充滿了節慶的意味，但是與中宗以前宮廷節慶宴飲詩的不脫節慶意義表現方式卻是大相逕庭：中宗以前宮廷節慶宴飲詩的不脫節慶意義，是純敘事的，詩中表現的情感是拘謹的，是循規蹈矩的，格局不大；孟氏此詩，遍引故實，旨在抒情，而非敘事，率性而為，胸襟是開闊的。

〔註38〕見斯蒂芬‧歐文《盛唐詩》（賈晉華譯，哈爾濱：黑龍江人民出版社，
　　　　1992 年），頁 73。

　　大抵而言，盛唐時文士節慶宴飲詩可以分爲兩類：一是具都城詩風格，多爲五言四韻，採三段式結構，寫景爲主，節慶只是個引子，並不是重點。二是隨興之作，多以古風行之，亦有絕句簡短之作，或內容全繫於節慶之上，與節慶關係密切；或因節日而感懷，旨在抒情，與節日關係極爲淡薄。與中宗以前詩作表現相較，雖然對節日的書寫仍然不多，但比起中宗以前近半數作品中無一字關於節日的表現，玄宗朝詩人對節日的存在有稍深一些的關注。

　　至於詩中所表達的情感方面，由於玄宗朝的節慶宴飲詩作有近六成的詩篇延襲中宗以前應酬格套，明顯都城詩風格，在這些作品中所流露出的情感，自然也受到約定成俗的規範影響，以歡愉的基調爲主。玄宗朝的繁榮興盛，更使得這些在應酬格套下賦作出來的節慶宴飲詩作中，傷愁的形容是十分罕見的，縱使有傷愁，頂多也只是一種因季節而生的傷愁，如孟浩然〈清明日宴梅道士房〉：

　　　林臥愁春盡，開軒覽物華。（《孟浩然詩集箋注》卷三）

爲春盡而愁，這是文人的多愁善感，是強說的愁，並不是眞正的愁緒。

　　但是，縱使在盛世之中，總是無法事事如意，宦海浮沉，有人喜，有人悲，一年一盛會的節日，往往易因節日本身的意義引起追思情懷，引發詩人的感觸，於是在遠離兩京宮廷影響的廣大地方，擺脫社交習俗的規範的拘束下，個人眞實的情感有了抒發的餘地，因節日而勾引出的悲愁情緒也就流露在詩作之中，如宋之問〈桂州陪王都督晦日宴逍遙樓〉：

　　　晦節高樓望，山川一半春。意隨蔓葉盡，愁共柳條新。投刺登龍日，開懷納鳥晨。兀然心似醉，不覺有吾身。（《全唐詩》卷五三）

桂州遠在嶺南，離京城以千里計。睿宗太極元年（712）正月晦日，宋之問陪王晙宴逍遙樓，本詩即當時之作。在此之前的景雲元年（710）六月，宋之問因爲坐韶韋、武罪名，詔流嶺南，詩中所謂「愁」，即源出於此。這「愁」是因個人被貶的遭遇而來，因節日登眺而興發。

又如張說〈岳州九日宴道觀西閣〉：

> 搖落長年歎，蹉跎遠宦心。(《全唐詩》卷八八)

玄宗開元元年（713）十二月，張說因與姚崇不諧，由中書令貶爲相
州刺史；三年（715）四月，又左轉爲岳州刺史，本詩即在岳州期間
所賦。詩中因節日而興發遷謫遠調的慨歎，是個人的傷愁。又如杜甫
於晦日所作的〈樂遊園歌〉中亦提到：〔註 39〕

> 卻憶年年人醉時，只今未醉已先悲。數莖白髮那拋得，百
> 罰深杯亦不辭。聖朝亦知賤士醜，一物自荷皇天慈。此身
> 飲罷無歸處，獨立蒼茫自詠詩。(《杜詩趙次公先後解輯校》甲
> 帙卷之四)

前四句哀傷年老，後四句感歎懷才不遇，所悲所傷，都是侷限於個人
一己身上而已。

　　除了傳統節日舉行宴飲外，遇有如進士中第、升官等值得慶賀事
情時，唐人也會舉行宴會以爲慶祝〔註 40〕。與節日宴不同的是，節日
雖然是尋常日子裏的「珍珠」，但它是慣例性的，一年一度，且由於
游藝娛樂性質的增強，掩蓋過傳統節日的含義，在盡情遊樂下，節日
意義於詩中表現很容易就退居到最不重要的位置；慶賀宴則不然。由
於慶賀事是人生難逢、唯一且特殊的盛事，宴飲活動只是爲表達因慶
賀事而生的歡喜之情而舉行的，縱然歡欣，也是爲慶賀事歡欣，宴飲
活動本身無法剝奪其地位，因而所賦作出來的詩作，以表達對慶賀事
的喜悅、祝賀之情爲主，均圍繞著慶賀事書寫。

　　慶賀宴飲詩，在中宗以前文士作品未見保存，玄宗朝則僅存兩首
〔註 41〕，兩首都是標準的應酬格式：

> 佐理星辰貴，分榮渙汗深。言曾大夫後，用答聖人心。騎

〔註 39〕原注：「晦日，賀蘭楊長史筵醉中作。」
〔註 40〕進士中舉後舉行的宴會，據《唐摭言》卷三記載，有大相識、次相
　　　　識、小相識、聞喜、櫻桃、月燈、大打毬、牡丹、看佛牙、關讌等。
　　　　除此外，尚有曲江宴、杏園宴、慈恩塔題名等活動。至於升官，唐
　　　　人習慣舉行燒尾宴。
〔註 41〕此指文士遊宴詩作而言，不包含宮廷作品。

擁軒裳客，鸞驚翰墨林。停杯歌麥秀，秉燭醉棠陰。爽氣
凌秋笛，輕寒散暝砧。祇應將四子，講德謝知音。(盧象〈奉
和張史君宴加朝散〉《全唐詩》卷一二二)

梟鳥舊稱仙，鴻私降自天。青袍移草色，朱綬奪花然。邑
裏雷仍震，臺中星欲懸。吾兄此棲棘，因得賀初筵。(岑參
〈春日醴泉杜明府承恩五品宴席上賦詩〉《岑參詩集編年箋註》頁
273) 〔註42〕

在結構上，均類同於都城詩應酬格套，用詞雅正，採三段式寫法，唯
中間借景物以寫升官之事。全詩針對升官之事表達祝賀之意，屬社交
詩的標準範式，不出慶賀主題，並且全是歡愉的情感形容。

　　大抵而言，玄宗朝文士節慶宴飲詩的寫作仍是以歡愉的基調為
主，悲愁的情懷是少見的。在這些少數的作品中所流露出的悲愁情
懷，不是與中宗以前相類的季節傷感，就是與詩人個人自身遭際相關
的不遇之悲。單就「悲愁」來看，玄宗朝文士的悲愁相較於中宗以前
文士的悲愁而言，已從外在虛幻的時空悲愁內化為個人遭際的悲愁，
由「強愁」而「真愁」，「愁」有了具體實際的內容。附帶一提的是，
由於寫悲愁的作品數量很少，並且又有分散在各節日中的情形，所以
無法看出悲愁情懷與節日有任何特別的關聯存在。

（三）安史亂後（756～907）

　　安史亂後的文士節慶宴飲詩延襲玄宗朝的寫作範式，然而在相關
「節慶」的書寫方面卻有加多的現象，如：

月晦逢休澣，年光逐宴移。早鶯留客醉，春日為人遲。莫
草全無葉，梅花遍壓枝。政閒風景好，莫比峴山時。(劉長
卿〈晦日陪辛大夫宴南亭〉《劉長卿詩編年箋注》頁382)

上客南臺至，重陽會此文。菊芳寒露洗，杯翠夕陽曛。務
簡人同醉，溪閒鳥自群。府中官最小，唯有孟參軍。(嚴維
〈九日陪崔郎中山北讌〉《全唐詩》卷二六三)

〔註42〕本詩繫年於天寶十三載（754）二月。

別館青山郭，遊人折柳行。落花經上巳，細雨帶清明。鷗
鷺流芳暗，鴛鴦曲水平。歸心何處醉，寶瑟有餘聲。(羊士
諤〈寒食宴城北山池即故郡守滎陽鄭鋼目為折柳亭〉《全唐詩》卷三
三二)

重九思嘉節，追歡從謝公。酒清欺玉露，菊盛愧金風。不
待秋蟾白，須沉落照紅。更將門下客，酬和管弦中。(裴夷
直〈奉和大梁相公同張員外重九日宴集〉《全唐詩》卷五一三)

詩雖或寫景、寫筵席，但這種筵席、景物的書寫卻是從節日的角度切
入，如以「月晦」、「蓂葉」、「梅花」、「春遲」寫晦日；以「細雨」、「曲
水」寫上巳、清明、寒食這三個相近的節日；以「菊」、「寒露」、「金
風」、「孟參軍」、「不待秋蟾白」寫九日，諸如此類表現，均是扣合節
日質性作為表現，表面上雖然是寫筵宴，卻又呈現出一定的節日風味。

安史亂後，文士沉迷於遊宴生活，是以在遊樂宴飲詩中多有以詩
為戲的文字遊戲表現，然而在節慶宴飲詩的寫作中，雖然相關「節慶」
的表現比安史亂前有加多的情形，然而整體書寫仍是以既有的應酬格套
進行書寫為大宗，以詩為戲的表現雖不可以說沒有，但是在所有安史亂
後的節慶宴飲詩中，如聯句等文字遊戲的作品卻是其中的少數〔註43〕，
這一點與遊樂宴飲詩中文字遊戲作品頻見的情形並不一致。探究這種差
異形成的原因，或可從「節慶」作用與朝廷態度兩方面進行理解。

首先是「節慶」的作用。雖然在節慶之中，唐人縱情遊樂，舉國
狂歡，或「無問貴賤，男女混雜，緇素不分」〔註44〕，享受平時所不
可能享受到的一切，然而這種遊樂的本質上與文士一般遊樂宴飲活動
是不相同的：就舉行地點來看，唐人一般遊樂宴飲活動多在郡齋、園

〔註43〕聯句部分僅李益與廣宣的〈重陽夜集蘭陵居與宣上人聯句〉(《全唐
詩》卷七八九)，以及白居易、劉禹錫、王起的〈會昌春連宴即事〉
(《全唐詩》卷七九○) 兩首。酒令遊戲不見進行。以詩交通部分均
是文士間以詩為贈、以詩唱和之作，具有濃厚的應酬味道，而少有
遊戲意味，作品亦不多。
〔註44〕此乃柳彧寫元宵節極歡之語，雖是隋代情形，然唐承隋而來，風氣
相同。見《隋書》卷六二〈柳彧傳〉。

林中舉行，戶外的野宴、泛舟只是少數；節慶宴飲活動則受節慶規範〔註45〕，現存安史亂後節慶宴飲詩以重陽、上巳、寒食之作爲最大宗〔註46〕，而重陽、上巳、寒食遊宴均屬戶外活動。走出戶外，眼界變寬變廣，場景效應，使得以詩爲戲的窄小作風與戶外活動的開拓特質格格不入。就遊宴時間來看，安史亂後一般文士遊樂宴飲活動有不少是在夜晚舉行，由昏及旦，活動在夜晚，可供遊樂的方式有限，爲打發漫漫長夜，維持與宴者興致，很自然文士就在文字上爭奇鬥智，作爲文字遊戲〔註47〕；而節慶遊宴活動，除了少數如上元、七夕、中秋等節日必須在晚上舉行外，其餘均是白天的活動，問題是，現存安史亂後有關上元、七夕、中秋的遊宴詩作勉強只有中秋一首，而保存數量最多的重陽、上巳、寒食節宴，均是白天的活動。白天的活動，與夜間活動相較，可以遊樂的方式就非常多，再者，戶外的遊樂方式本來就與郡齋、園林內活動不甚一致，而節日特殊且熱鬧的遊藝活動，如上元的賞燈，寒食清明的郊遊踏青、鞦韆、拔河、蹴踘、鬥雞，端午的競渡，重陽的登高等等，這種種遊藝活動，與文士平常遊宴時的歌舞表演是完全不同的，罕見、新鮮、刺激、熱鬧，很容易就完全吸引住文士的眼光，佔據文士的整個心靈。就飲食方面來看，遊宴本來就是節日風俗的一部分，因此宴飲中的飲食也受到節俗的一定影響，如元日的飲屠蘇酒、食五辛盤、膠牙餳，上元的食浮圓子（元宵），上巳的臨水祓禊飲酒，寒食的冷餐，端午的飲雄黃酒、食角黍（粽子），重陽的飲菊花酒，種種習俗，都成了宴飲活動中不可少的飲食項目，都與常日不同〔註48〕。不管在「遊」，或是在「宴」方面，一年一度

〔註45〕如元日、人日、晦日等節雖多在園林之中，但如上巳、清明、重陽等節則必定在戶外舉行。

〔註46〕在全部九十九首中，作於重陽者有四十三首，上巳十二首，寒食八首。此三令節詩作即佔全部節慶宴飲詩六成以上。

〔註47〕此在前章有關安史亂後文士遊樂宴飲詩部分已然提及。

〔註48〕有關唐人節日諸內容，參見程薔、董乃斌《唐帝國的精神文明——民俗與文學》〈節日歲時篇〉（北京：中國社會科學出版社，1996年），

的節日特殊習俗，刺激、暢意，如珍珠寶石般點亮唐人乏味的日常生活，充分滿足了詩人的精神需求，因此不再另外需要以文字作爲遊戲，填充空虛、漫長的飲宴時間。從現存九十九首節慶宴飲詩來看，沒有一個字提及酒令遊戲的進行，更可証明上述的說法可以成立。

可以這麼說，在節日習俗豐富的活動中，文士是受節日支配的，是被支配者；在一般遊宴活動中，文士支配著活動的進行，是支配者。支配者可以自主決定遊樂方式，以詩爲戲；被支配者卻只能「聽命行事」。被支配者與支配者的差別，造成節慶宴飲詩與遊樂宴飲詩表現的不同。

其次，和朝廷態度應有一定的關聯。德宗嚴格限制百官宴集，私人遊宴金吾一律上報，造成「人家不敢歡宴，朝士不敢過從」，但是在節慶宴飲活動方面，卻是抱持相反態度的鼓勵舉行，甚至賜錢供宴〔註49〕。而後憲宗雖然開放私人遊宴，然而逢節賜宴的作風未聞改變，是以雖同屬文士宴集，節慶宴飲活動卻帶有很濃的官場應酬氣息，因此在私人遊樂宴飲詩中，文士或可以盡情遊戲，以詩爲戲，調笑嘲謔，無所節制，然而在節慶宴飲活動卻未見如此舉措。

雖然節慶宴飲詩與遊樂宴飲詩在以詩爲戲的部分表現不同，然而畢竟還是同一批詩人所賦作的，中晚唐詩人的「市井氣」，是不會因節慶而特別消失的，因而在應酬的格套之中，相關遊樂筵席的細節書寫仍是比安史亂前來得多些，以曹松〈鍾陵寒食日與同年裴顏李先輩鄭校書郊外閒遊〉一詩爲例：

> 寒節鍾陵香騎隨，同年相命楚江湄。雲間影過鞦韆女，地上聲喧蹴踘兒。何處寄煙歸草色，誰家送火在花枝。銀瓶冷酒皆傾盡，半臥垂楊不自知。(《全唐詩》卷七一七)

頁38～122；王家廣《唐人風俗》〈唐人節日〉(西安：陝西人民出版社，1993年)，頁1～54)；以及喬繼堂《中國歲時禮俗》(天津：天津人民出版社，1992年)等書。
〔註49〕詳見第三章第一節政治背景，一、君主的態度部分。

寒食遊戲，大致男子好蹴踘，女子愛鞦韆〔註50〕，同是歡愉情感的表現，相較於安史亂前的作品的寫自然山水，曹松此詩更生動地寫出了時人的遊樂情形。又如白居易〈六年寒食洛下宴遊贈馮李二少尹〉：

> 豐年寒食節，美景洛陽城。三尹皆強健，七日盡晴明。東郊躡青草，南園攀紫荊。風拆海榴豔，露墜木蘭英。假期春未老，宴合日屢傾。珠翠混花影，管弦藏水聲。佳會不易得，良辰亦難并。聽吟歌暫輟，看舞杯徐行。米價賤如土，酒味濃於餳。此時不盡醉，但恐負平生。殷勤二曹長，各捧一銀觥。（《白居易集箋校》卷二二）

諸如「米價」、「酒味」皆入於詩中，平易近人中，「市井氣」不經意地流露。

　　而在另一方面，由於受到應酬格套的規範，安史亂後的節慶宴飲詩仍以表達歡愉之情為多，然而自玄宗朝以來逐漸浮現的傷愁感，在亂後的破敗中，應酬的格套已難盡掩，有了更深切的呈現，就算是感歎個人的際遇，表現也比安史亂前更為哀淒，如杜甫〈上巳日徐司錄林園宴集〉：

> 鬢毛垂領白，花蕊亞枝紅。欹倒衰年廢，招尋令節同。薄衣臨積水，吹面受和風。有喜留攀桂，無勞問轉蓬。（《杜詩趙次公先後解輯校》己帙卷之四）

大曆四年（769）〔註51〕，五十八歲的杜甫在上巳佳節中寫下這首詩，「鬢白花紅，彼此相左。衰年到園，以令節見招也。上截，悲中有喜。臨水受風，修禊樂事，暫留攀桂，而莫問轉蓬。下截，喜中有悲。」〔註52〕從安史亂起，到本詩寫作已整整十三年多，長期的動亂、漂泊生涯，雖然面對節日宴樂之喜，也無法淡薄詩人心中的悲哀。又如白居易詩：

〔註50〕羅時進〈孤寂與熙悅——唐代寒食題材詩歌二重意趣闡釋〉，見《文學遺產》1996 年第二期，頁 46～53。

〔註51〕此據《杜詩趙次公先後解輯校》說法。若仇兆鰲《杜詩詳注》與李辰冬《杜甫作品繫年》均以為乃前一年（即大曆三年 768）之作。

〔註52〕王嗣奭《杜詩臆說》，此據仇兆鰲《杜詩詳註》卷二一，頁 1877 引文。

> 去年重陽日,漂泊溢城隈。今歲重陽日,蕭條巴子臺。旅
> 鬢尋已白,鄉書久未來。臨觴一搔首,座客亦裴回。(〈九日
> 登巴臺〉《白居易集箋校》卷十一)

> 前年九日餘杭郡,呼賓命宴虛白堂。去年九日到東洛,今
> 年九日來吳鄉。兩邊蓬鬢一時白,三處菊花同色黃。一日
> 日知添老病,一年年覺惜重陽。……盛時儻來合慚愧,壯
> 歲忽去還感傷。(〈九日宴集醉題郡樓兼呈周殷二判官〉《白居易集
> 箋校》卷二一)

這兩首詩可以說是白居易仕宦的記錄。前一首作於元和十四年
(820),後一首作於寶曆元年(825),從江州到忠州,從杭州到洛陽
到蘇州,短短幾年內,官職屢更,幾乎年年遷轉,但是重九佳節始終
不變,變與不變間,激發詩人傷時感歲的慨歎。這種不安定、漂泊的
慨歎,實已勝於宋之問、張說等人的遠宦蹉跎的傷悲。

　　除了為個人的遭際傷悲外,大時代的悲痛更是詩人心中深深的烙
痕,這種傷痛,在白居易〈九日登西原宴望〉一詩中表現的最為具體、
深刻:

> 病愛枕席涼,日高眠未輟。弟兄呼我起,今日重陽節。起
> 登西原望,懷抱同一豁。移座就菊叢,糕酒前羅列。雖無
> 絲與管,歌笑隨情發。白日未及傾,顏酡耳已熱。酒酣四
> 向望,六合何閒闊。天地自久長,斯人幾時活。請看原下
> 村,村人死不歇。一村四十家,哭喪無虛月。指此各相勉,
> 良辰且歡悅。(《白居易集箋校》卷六)

詩中所述,前半純記事,寫宴飲經過,平平淡淡,無任何特殊之處。
中篇以後,筆鋒急轉直下,視野從眼前的歡宴,擴展到天地四方,因
而作為淒慘的陳述。不是空泛的的想像之詞而已,而是陳述現實,露
骨地揭露殘忍的事實:「村人死不歇」,「哭喪無虛月」。至此,九日登
高,不再是一種文士的閒情雅致而已,不再是空蕩的沉迷遊樂而已,
而是深刻地感觸社會現實的傷痛。九日登高風俗,本為避災,災難是
否見避還未得知卻更目睹災變的存在事實,雖然結尾歸結為及時行

樂，然而這種及時行樂的態度卻是出自於對現實無力感下的一種逃避的作法，難掩深深的悲悽之情。與文士遊樂宴飲詩中往往只是空泛地使用「悲」、「愁」等字眼書寫哀愁表現相較起來，這種哀傷顯得更具體實際，傷痛更深。本詩作於元和七年（812），時白居易四十一歲，居下邽。考諸歷史，元和年間號稱中興，「中外咸理，紀律在張，果能剪削亂階，誅除群盜」〔註53〕，在社會經濟方面，雖然不免旱饑，但國用仍足，整體而言，元和年間（806～820）算是安史亂後少見的安定時期。然而從白居易此詩中陳述看來，在此朝廷中興之際，尋常百姓的生活卻仍是悲苦莫名的。號稱中興的元和年間（806～820）已是如此，其他時期更可以想見於一般，因而雖處在節慶的歡愉之中，詩人仍不免感時傷痛，如：

> 萬國皆戎馬，酣歌淚欲垂。（杜甫〈雲安九日鄭十八攜酒陪諸公宴〉《杜詩趙次公先後解輯校》丁帙卷之一）

> 秋山滿清景，當賞屬乖離。凋散民里閭，摧翳眾木衰。樓中一起嘯，惻愴起涼飅。（韋應物〈重九登滁城樓憶前歲九日歸灃上赴崔都水及諸弟讌集悽然懷舊〉《全唐詩》卷一九一）

> 舉目關山異，傷心鄉國遙。徒言歡滿座，誰覺客魂消。（暢當〈九日陪皇甫使君泛江宴赤岸亭〉《全唐詩》卷二八七）

> 心憶舊山何時見，併將愁淚共紛紛。（權德輿〈九日北樓宴集〉《全唐詩》卷三二五）

> 流落常嗟勝會稀，故人相遇菊花時。……塵土十分歸舉子，乾坤大半屬偷兒。（章碣〈癸卯歲毘陵登高會中貽同志〉《全唐詩》卷六六九）

爭戰不休，山河異色，九日登高的習俗，詩人在眺望之餘，看到的不僅是眼前實際的平野山嶽，更加上了社會亂離現實的理解與情感的想

〔註53〕《舊唐書》卷十五〈憲宗紀下〉史臣蔣係曰：「訖于元和，軍國樞機，盡歸之於宰相。由是中外咸理，紀律在張，果能剪削亂階，誅除群盜。睿謨英斷，近古罕儔，唐室中興，章武而已。」憲宗諡曰「聖神章武皇帝」。

像，思及現實的乖離，「萬國皆戎馬」，「舉目關山異」，不禁愁淚紛紛。

結合社會現實與個人遭遇的凄切感傷，晚唐的杜牧在〈九日齊山登高〉一詩中故作瀟脫：

> 江涵秋影雁初飛，與客攜壺上翠微。塵世難逢開口笑，菊花須插滿頭歸。但將酩酊酬佳節，不用登臨恨落暉。古往今來只如此，牛山何必獨霑衣。(《樊川詩集注》卷三)

或以為此詩將「憤激之思以曠達出之」〔註54〕。詩中之「客」，即詩人張祜，與杜牧在現實政治上同有遭排擠，懷才不遇的愁苦遭際，兩人同病相憐，九日登高望遠，在曠遠的天地間，詩人故作瀟脫，在語言詞調上表現爲曠達豪爽，然而「難逢開口笑」、「不用恨落暉」、「古往今來只如此」、「何必獨霑」諸句，瀟灑之外卻又顯得那麼的凄惻低迴，一再重覆的灑脫，反顯出愁緒的難以排遣，拂去又來的事實。

此外，另有一點值得注意的是，安史亂後這種悲愁情感呈現幾乎集中在重陽登高的作品中，雖然，本時期的節慶宴飲詩作以重陽保存最多，有四十三首，佔全部作品的四成以上，因此重陽悲愁的書寫最多實不足爲奇，但是，在其他的節日宴中，雖或偶有傷愁的形容，但全部加起來也遠遠比不上重陽節的悲愁形容多〔註55〕，並且詩中所呈現的傷愁感比起重陽來，除了前面所舉的杜甫〈上巳日徐司錄林園宴集〉有較深的悲愁外，其餘的都不甚深刻，如白居易〈酬鄭二司錄與李六郎中寒食日相過同宴見贈〉：〔註56〕

> 相對喜歡還悵望，同年只有此三人。(《白居易集箋校》卷三三)

開成元年（836），六十五歲的白居易在洛陽與鄭李二同年寒食歡宴，惆悵同年的凋零，這種「愁」，只是一時的、個人的。又如獨孤良弼〈上巳接清明遊宴〉：

〔註54〕繆鉞〈談杜牧九日齊山登高〉，《重慶日報》1962 年 10 月 10 日。

〔註55〕重陽宴詩四十三首中，悲愁的形容有十三首；其餘五十六首作品中，悲愁的形容只有五首。

〔註56〕原詩下註：「二人並是同年。」

吁嗟名未立，空詠宴遊詩。(《全唐詩》卷四六六)

慨歎只限於個人的「名未立」。這種「愁」，比起前述重陽詩中的傷時感遇，實是淺薄了許多。如此看來，悲愁的表現似乎也受到傳統節日的影響。

探討重陽節宴詩中悲愁之情書寫最多的原因，或許應從節日習俗與社會現實間的關係入手。安史亂後，由於現實存在的天災人禍災難不斷，重陽登高的傳統節俗本即帶有避禍的意義，這一點，正契合現實人們極思避災遠禍的心理，因而重陽節宴的地位被突顯，或許這也正是造成重陽宴飲詩作大量產生的原因。時代的亂離，政治的險惡，蘊積在文士心中種種的愁悶悲傷，在本即帶有悲傷基調的重陽節俗中，是很容易被激發出來的；再加上重陽佳節，時序屬秋，自然景物的蕭颯，本來就很容易勾引起人心中悲傷的情緒，因此可以理解為何在重陽宴飲詩作中較易有悲愁的書寫，且相關悲愁的書寫也比其他節日宴飲詩作中來得深刻的原因。

在節日之外，諸如升官、中舉等事文士也必以宴慶賀，安史亂後，這種慶賀宴飲詩的留存有增多的情形，但也不過只有十五首而已〔註57〕。大抵而言，與仕宦相關的慶賀宴詩作寫作均為標準社交應酬格式，內容多不出慶賀範圍，以白居易〈與諸同年賀座主侍郎新拜太常同宴蕭尚書亭子〉〔註58〕一詩為例：

寵新卿典禮，會盛客徵文。不失遷鶯侶，因成賀燕群。池臺晴間雪，冠蓋暮和雲。共仰曾攀處，年深桂尚薰。(《白居易集箋校》卷十三)

貞元十六年（800），禮部侍郎高郢知貢舉，擢白居易甲科；翌年，高郢拜太常卿，門生群聚禮部尚書蕭昕宅為之慶賀，蕭昕為高郢之座主，白居易於席上賦為此詩。何義門曰：「門生門下見門生，絕好故

〔註57〕由於本論文界義在「宴飲詩」上，因此如進士新及第後與座主間相和的詩作雖多，但對於無法判定是否為宴飲詩作的，在取樣寧嚴的原則下，一律不取，因此所得慶賀類的作品總數不多。

〔註58〕詩下註云：「座主於蕭尚書下及第，得群字韻。」

實。」〔註59〕詩中首聯寫筵宴的舉行，中間兩聯形容同年相聚爲賀，尾聯緊扣兩重座主門生關係，既是感恩，又是推崇、歌頌。全詩圍繞慶賀事書寫。與此相類者，又如：

> 業重關西繼大名，恩深闕下遂高情。祥鱣降伴趨庭鯉，賀燕飛和出谷鶯。范蠡舟中無子弟，疏家席上缺門生。可憐玉樹連桃李，從古無如此會榮。（白居易〈和楊郎中賀楊僕射致仕後楊侍郎門生合宴席上作〉《白居易集箋校》卷二五）

> 龍闕公卿拜後塵，手持優詔挂朱輪。從軍幕下三千客，聞禮庭中七十人。錦帳麗詞推北巷，畫堂清樂掩南鄰。豈同王謝山陰會，空斂流杯醉暮春。（許渾〈和祠部楊員外以僕射楊公拜官致仕舊府賓僚及門生先輩合宴申賀座中飲後書事〉《丁卯集箋証》卷七）

> 手詔來筵上，腰金向粉闈。勳名傳舊閣，蹈舞著新衣。白社同遊在，滄洲此會稀。寒笳發後殿，秋草送西歸。世難常摧敵，時閒已息機。魯連功可讓，千載一相揮。（劉長卿〈同諸公袁郎中宴筵喜加章服〉《劉長卿詩編年箋注》頁242）

是皆圍繞著拜官致仕、加章服等值得慶賀事加以書寫，述筵、記事，頗有以詩慶賀的味道。詩依社交應酬格套書寫，詞多雅正。

至於進士及第的慶賀宴則與前述不同，「三十老明經，五十少進士」，一介文士得以進士及第，是何等光榮之事，因而及第後展開一連串的慶賀活動，這些活動相關於宴飲的部分，又可分爲兩類：一是在京城地區，同年齊聚的一連串宴飲活動；二是及第返鄉後的家宴。首先就京城地區，同年相聚的宴集而言，在這類筵宴中賦作的詩篇，又可分爲兩類：一是獻（謝）座主，一是同年互贈。獻座主詩，主要以表達感謝提拔之情爲主，如：

> 得陪桃李植芳叢，別感生成太昊功。今日無言春雨後，似含冷涕謝東風。（姚合〈杏園宴上謝座主〉《全唐詩》卷五○一）

〔註59〕轉引自朱金城《白居易集箋校》（上海：上海古籍出版社，1988年）卷十三，頁716。

得召丘牆淚卻頻，若無公道也無因。門前送敕朱衣吏，席上銜杯碧落人。半夜笙歌敎泥月，平明桃杏放燒春。南山雖有歸溪路，爭那酬恩未殺身。（曹松〈及第敕下宴中獻座主杜侍郎〉《全唐詩》卷七一七）

至於同年互贈的詩作內容，大抵不脫中擧的歡愉心情，如：

及第新春選勝遊，杏園初宴曲江頭。紫毫粉筆題仙籍，柳色簫聲拂柳樓。霽景露光明遠岸，晚空山翠墜芳洲。歸時不省花間醉，綺陌香車似水流。（劉滄〈及第後宴曲江〉《全唐詩》卷五八六）

岐路不在天，十年行不至。一旦公道開，青雲在平地。枕上數聲鼓，衡門已如市。白日探得珠，不待驪龍睡。忽忽出九衢，僮僕顏色異。故衣未及換，尚有去年淚。晴陽照花影，落絮浮野翠。對酒時忽驚，猶疑夢中事。自憐孤飛鳥，得接鴛鳳翅。永懷共濟心，莫起胡越意。（曹鄴〈杏園即席上同年〉《全唐詩》卷五九二）

雨洗清明萬象鮮，滿城車馬簇紅筵。恩榮雖得陪高會，科禁惟憂犯列仙。當醉不知開火日，正貧那似看花年。縱來恐被青娥笑，未納春風一宴錢。（皮日休〈登第後寒食杏園有宴因寄錄事宋垂文同年〉《全唐詩》卷六一三）

鸂鶒驚與鳳皇同，忽向中興遇至公。金榜連名昇碧落，紫花封敕出瓊宮。天知惜日遲遲暮，春爲催花旋旋紅。好是慈恩題了望，白雲飛盡塔連空。（徐夤〈曲江宴日呈諸同年〉《全唐詩》卷七〇九）

詩中呈現出文士及第後狂放的心情與作爲，其中劉滄詩尙稱嚴謹，至於皮日休與徐夤詩作，則明顯以詩爲戲的作風，深具「市井氣」。而在及第後歸鄉的家宴中，詞語更見輕鬆，遊戲味更顯著，如：

郎君得意及青春，蜀國將軍又不貧。一曲高歌紅一疋，兩頭娘子謝夫人。（楊汝士〈賀筵占贈營妓〉《全唐詩》卷四八四）

楊汝士鎭東川時，其子如溫及第，楊汝士開家宴以爲慶賀，筵中集諸營妓，盡聲樂之樂。楊汝士命人贈與與宴諸妓紅綾一匹，本詩即書此

贈綾之事〔註60〕。詩以酒令行之，標準文字遊戲表現。

綜觀上述有關進士及第後慶賀宴中諸詩表現，可以發現，不管是與一般升官類的慶賀宴詩，或是節日宴詩，都有明顯的不同。在賀升官的宴飲詩以及節日宴詩中，主要以應酬格套書寫，少見文字遊戲的寫作，詞多雅正，「市井氣」十分淡薄；而進士及第的宴飲詩作，「市井氣」非常濃厚，生動寫實地反映出文士及第後的種種歡欣心情與得意行徑，與前章所述的文士一般遊樂宴飲活動的表現較爲近似。

綜合上述，可以知道，相關於「節慶」的表現，在節日宴飲詩中是隨著時間的進行，由極淡薄而逐漸加深的；在慶賀宴飲詩中則是自始至終都是圍繞著慶賀事來書寫。由於節日的慣例性與慶賀的特殊性不相同，因而同是宴飲詩，兩者相關「節慶」的表現卻不一致。

二、對前代宴集的態度

與節慶相關，最著名的前代宴集當推王羲之蘭亭修禊事，然而在唐人的節慶宴飲詩中，追慕蘭亭的情形卻未如想像中明顯，反倒是一些其他故事，如金谷、習家池等宴集，受到唐人較多的關注。與一般遊樂宴飲詩相類似的是，唐人對前代宴集的態度往往隨著社會環境不同而有所變遷。以下試從節慶宴飲詩中，觀察唐人對前代宴集的態度，以窺唐人的宴飲取向變遷。

（一）中宗朝以前（618～710）

中宗朝以前由於宴飲活動的奢華取向，類同於金谷，因而雖是節慶宴飲活動，仍是以金谷爲眾人歌詠作喻的對象。或直接用以寫宴集聚會，如：

> 還隨張放友，來向石崇家。（王茂時〈晦日宴高氏林亭〉《全唐詩》卷七二）
>
> 更看金谷騎，爭向石崇家。（杜審言〈晦日宴遊〉《全唐詩》卷六二）

〔註60〕本事詳見《唐摭言》卷三。

或用以形容筵中歌舞，如：

歌入平陽第，舞對石崇家。(高嶠〈晦日宴高氏林亭〉《全唐詩》
卷七二)

淹留洛城晚，歌吹石崇家。(崔知賢〈晦日宴高氏林亭〉《全唐詩》
卷七二)

流波度曲，自諧中散之弦；舞蝶成行，無忝季倫之伎。(孫
慎行〈三月三日宴王明府山亭序〉《全唐詩》卷七二)

或用以形容園林的美好，如：

地接安仁縣，園是季倫家。(韓仲宣〈晦日宴高氏林亭〉《全唐詩》
卷七二)

參差金谷樹，皎鏡碧塘沙。(弓嗣初〈晦日宴高氏林亭〉《全唐詩》
卷七二)

試入山亭望，言是石崇家。(高瑾〈晦日宴高氏林亭〉《全唐詩》
卷七二)

雪盡銅駝路，花照石崇家。(張錫〈晦日宴高文學林亭〉《全唐詩》
卷一〇五)

季倫園裏，逸少亭前。(高球〈三月三日宴王明府山亭〉《全唐詩》
卷七二)

從上述諸例中可以發現，這種引前代金谷宴集為喻的表現有種集中的
情形：主要集中在晦日宴高氏林亭一活動上。再進一步探究，高氏此
次宴集，同賦者共二十一人，以金谷為喻者有八人，佔全部的 38%，
比例雖不是很高，但可以發現這種「人同此心」的情形，若不是高正
臣此次宴會豪盛類金谷〔註61〕，何以使八人有相同的感受，而作相同

〔註61〕陳子昂〈序〉云：「光華啓旦，朝野資歡，有渤海之宗英，是平陽之
貴戚。發揮形勝，出鳳臺而嘯侶；幽贊芳辰，指雞川而留宴。列珍
羞於綺席，珠翠瑯玕；奏絲管於芳園，秦箏趙瑟。冠纓濟濟，多延
戚里之賓；鸞鳳鏘鏘，自有文雄之客。總都畿而寫望，通漢苑之樓
臺；控伊洛而斜□，臨神仙之浦漵。則有都人士女，俠客游重，出
金市而連鑣，入銅街而結駟。香車繡轂，羅綺生風；寶蓋彫鞍，珠
璣耀日。」從序中可以得知，此次宴樂不管在任何方面，都為奢華

的譬況呢？

　　除了金谷宴集之外，初唐文士節慶遊宴詩中所提及與宴集相關的前代故事，最多的當推山簡習家池事，如：

　　　　忘懷寄尊酒，陶性狎山家。（高正臣〈晦日置酒林亭〉《全唐詩》卷七二）

　　　　嘯侶入山家，臨春玩物華。（高紹〈晦日宴高氏林亭〉《全唐詩》卷七二）

　　　　尋春遊上路，追宴入山家。（陳子昂〈晦日宴高氏林亭〉《全唐詩》卷八四）

　　　　興闌巾倒戴，山公下習池。（周彥暉〈晦日重宴〉《全唐詩》卷七二）

　　　　正開彭澤酒，來向高陽池。（高瑾〈晦日重宴〉《全唐詩》卷七二）

　　　　陳遵已投轄，山公正坐池。（韓仲宣〈晦日重宴〉《全唐詩》卷七二）

　　　　綺筵乘晚景，高宴下陽池。（周思鈞〈晦日重宴〉《全唐詩》卷七二）

　　　　此時高宴所，詎減習家池。（陳子昂〈晦日重宴高氏林亭〉《全唐詩》卷八四）

《世說新語》〈任誕第二三〉劉孝標注引《襄陽記》：「漢侍中習郁於峴山南，依范蠡養魚法，作魚池，池邊有高堤，種竹及長楸，芙蓉菱芡覆水，是遊宴名處。山簡每臨此池，未嘗不大醉而還，曰：此是我高陽池也。」上述諸作，或以山簡習家池事來推崇高氏林亭爲遊宴盛地，或以山簡（兼及陶潛）醉酒寫飲宴盡性之事。唐人好酒喜醉，山簡習家池事正合唐人口味。如高氏林亭之宴，先後共兩次，詩人不約而同多以山簡習家池爲喻，這種巧合，或許亦可視爲唐人比擬的一種習慣。然而不論金谷或習家池，初唐詩人在典故的使用上都採以古況今的方式，對於前代宴集，呈現出認同、仿傚的傾向。

　　此外，唐以前與節慶有關的宴飲活動當推東晉蘭亭修褉事最爲著名，然而初唐詩人在宴飲活動中賦詩卻甚少使用「蘭亭」的典故，就算

　　的表徵，是典型的唐人宴樂。

是三月三日的宴樂亦是如此。這是一個很特殊的現象。檢視初唐時期有
關詩文之作，可以發現：晉代兩大名宴：金谷與蘭亭，對初唐人而言，
所引以爲宴飲典範的是金谷宴集，而不是蘭亭。推究原因，主要還是因
爲初唐時期社會流行豪華奢侈的大型宴會，這種豪奢的特質與金谷是相
類似的，而迥異於蘭亭的以高雅清逸爲尚。宴飲性質既同於金谷而異於
蘭亭，因此作者以類取譬，自然重金谷而略蘭亭。這一點和後世的評價
有些不一致〔註62〕。進一步深入可以發現，其實初唐人並不是不欣賞蘭
亭宴集，如王勃言「王羲之蘭亭，五百餘年，直至今人之賞；石季倫之
梓澤，二十四友，始得吾徒之遊。」〔註63〕其實在初唐人心中，蘭亭仍
是頗有份量的，是可以與石崇金谷同題並論的；但是初唐文士對蘭亭的
看重，並不是在宴飲活動的形式上，而是在詩文的傳世與知音的追尋
上，是從文學作品的價值著眼的，如王勃：「江甸名流，始命山陰之筆。
盡尊清轍，共抒幽襟。俾後之視今，亦猶今之視昔。」（〈三月上巳祓禊
序〉），「數人之內，幾度琴樽；百年之中，少時風月。蘭亭有昔時之會，
竹林無今日之歡。丈夫不縱志於生平，何屈節於名利。人之情矣，豈曰
不然。人賦一言，各申其志。使夫千載之下，四海之中，後之視今，知
我詠懷抱於茲日。」（〈秋日宴季處士宅序〉）；楊炯：「既因良會，咸請
賦詩，雖向之所歡，已爲陳跡，俾千載之下，感於斯文。」（〈李舍人山
亭詩序〉）；宋之問：「請染翰操筆，即事形言，各賦蘭亭之詩，咸申葛
陂之贈。」（〈三月三日於灞水曲餞豫州杜長史別昆季序〉）。蘭亭予唐人
的影響，多在文學的價值方面，賦予宴飲詩一莊重的意義，不再只是遊
樂的工具而已。

　　從中宗以前宴飲詩人對前代宴集的態度中可以發現，初唐人創作
詩歌時，把宴飲活動的取向與宴飲詩歌的文學價值作了一明顯的區

〔註62〕如蘇軾以爲「金谷之會皆望塵之友也。季倫之於逸少，如鷗鶩之於
　　　　鴻鵠，尚不堪作奴。」（孔凡禮點校《蘇軾文集》卷七十〈書黃魯直
　　　　畫題跋後三首〉其三〈右軍研膾圖〉）。
〔註63〕〈游冀州韓家園序〉，《王子安集註》卷七。

分：在活動取向上，初唐人傾向於對金谷豪華宴集與山簡任情飲酒的追慕與仿傚；在詩歌的文學價值上，初唐人追求的或是如蘭亭般千載知音永恆存在，仿傚蘭亭的文學看法。然而不管是因為宴飲活動的奢華取向而崇尚金谷，或文學作品的永恆價值而引效蘭亭，中宗以前詩人對前代宴飲活動都表現出追慕與仿傚的心態。

（二）玄宗朝（712～755）

在節慶的熱鬧氛圍中，玄宗朝詩人並不排斥前代的宴集活動，然而與中宗以前不同的是，中宗以前詩人面對前代宴集，如石崇金谷舊事，表現出高度的追慕仿傚之情，玄宗朝詩人卻絕口不提金谷〔註64〕。就這方面的表現而言，節慶宴飲詩是類同於遊樂宴飲詩的，但是與遊樂宴飲詩不同的是，相對於盛唐文士遊樂宴飲詩的不把前代宴集放在眼裏的那種自信、自傲態度，節慶宴飲詩則以更寬闊的胸襟接受前代宴集，如：

> 稽亭追往事〔註65〕，睢苑勝前聞。（張九齡〈三月三日申王園亭宴集〉《全唐詩》卷四八）
>
> 子推山上歌龍罷，定國門前結駟來〔註66〕。始睹元昆鏘玉至，旋聞季子佩刀迴。（蘇頲〈寒食宴于中舍別駕兄弟宅〉《全唐詩》卷七三）

〔註64〕探究盛唐人所以不提金谷等以豪華著稱的宴飲活動，可以從三個角度理解：首先，從宴飲場所來看，其中四例皆是九日登高之作，宴飲場所在野外，而非私人園林，兩者大相逕庭，自然不提金谷。其次，從活動內容來看，九日登高，習俗尚清簡，又山林野外，歌舞飲食諸物，不管是準備或是表演，多所不便，自不能與金谷華奢之宴相提並論。再者，張九齡詩雖貴為王府私人園林之宴，且《舊唐書》卷九五〈睿宗諸子傳〉稱申王「善於飲噉」，則此次宴會的豪華（至少在食物方面）可想而知，然而時為上巳，相較起來，會稽蘭亭更應節。

〔註65〕王羲之〈蘭亭集序〉：「永和九年（三五三），歲在癸丑，暮春之初，會于會稽山陰之蘭亭，修禊事也。群賢畢至，少長咸集。」

〔註66〕《漢書》卷七一〈于定國傳〉：「定國食酒至數石不亂，冬月請治讞，飲酒益精明。」

今日桓公座，多愧孟嘉才〔註67〕。（陰行先〈和張燕公湘中九日登高〉《全唐詩》卷九八）

梅福慚仙吏，羊公賞下僚〔註68〕。（張子容〈九日陪潤州邵使君登北固山〉《全唐詩》卷一一六）

共美重陽節，俱懷落帽歡。酒邀彭澤載，琴輟武城彈。……叔子神如在〔註69〕，山公興未闌。傳聞騎馬醉，還向習池看。（孟浩然〈盧明府九日峴山宴袁使君張郎中崔員外〉《孟浩然詩集箋注》卷二）

賓隨落葉散，帽逐秋風吹。（李白〈九日登山〉《李白全集校注彙釋集評》卷十八）

從上述詩句中可以發現，面當節慶之時，玄宗朝詩人不但不排斥前代宴集舊事，甚至引以為喻況，作風頗類於初唐。然而與中宗以前不同的是，中宗以前詩人追慕的前代宴集是如石崇金谷園般的豪華宴會，玄宗朝詩人則傾向於追慕任情率性的前朝雅事；金谷之外，中宗以前詩人或集中突顯對山簡習家池事的喜好，玄宗朝詩人則不受山公事侷限，隨心所至，或蘭亭會，或桓溫龍山宴，或羊祜峴山宴，或山簡習池宴，在盛唐人心中，前代何事何宴不可入詩〔註70〕？這種開放的胸襟與態度，正是玄宗朝詩人處世的特質。

〔註67〕《晉書》卷九八〈桓溫傳〉：「九月九日，溫燕龍山，僚佐畢集。時佐吏並著戎服，有風至，吹嘉帽墮落，嘉不之覺。溫使左右勿言，欲觀其舉止。嘉良久如廁，溫令取還之，命孫盛作文嘲嘉，著嘉坐處。嘉還見，即答之，其文甚美，四坐嗟歎。」

〔註68〕《晉書》卷三四〈羊祜傳〉：「羊祜字叔子，……祜樂山水，每風景，必造峴山，置酒言詠，終日不倦。」

〔註69〕同註67。

〔註70〕造成初盛唐這種表現的差異，或也不能忽略到詩作所源自出之宴：初唐引山公事為例者，集中在兩次高氏林亭的晦日宴集，時間有異，地點則相同，當時與宴者亦有重疊的現象；盛唐時同一宴集中賦詩是否有以前代相同宴集為喻的情形，由於一宴僅存一詩，無法旁及其他，觀其普遍大概，因此初盛唐的這種差異存在，在此僅就現存資料進行分析，呈現結果，至於結果與唐人真實情形相符的比例有多少，由於文獻的不足，實非今日可以得知。

　　比較玄宗朝的文士遊樂宴飲詩與節慶宴飲詩中對前代宴集的態度，可以發現兩者間存在有不同的標準。其實，遊樂宴飲詩和節慶宴飲詩同樣都屬宴飲活動中寫成的作品，賦作的還是相同的那些詩人（不可能會有詩人在他的寫作生涯中專寫遊樂宴飲詩而絕對不寫節慶宴飲詩的），然而同一詩人竟抱持著不同的標準。解釋這種現象的產生，或不可忽略「場域」對詩人的影響。影響詩人創作的「場域」的構成，除了「人」（與宴者）與「物」（宴飲周遭風物）之外，還有「事」（宴飲事由）。節慶宴飲活動，如上巳曲江遊宴，九日登高，雖然遊樂的意味也是很濃的，但這種遊樂和一般的遊樂是不一樣的：一般的遊樂宴飲活動，遊樂是活動的主角（宴飲事由）；在節慶宴飲活動中，節慶才是主角（宴飲事由），遊樂只是因活動的舉行而伴隨產生的「副產品」而已。換另一種說法，其實，節慶宴飲活動只是節慶諸多活動的其中之一而已，是節慶的傳統習俗之一，宴飲活動是因節慶而產生的，是附加在節慶之上的，本身並不具獨立的意義。這一點和一般遊樂宴飲活動是極為不同的。這種不同，正是導致詩人寫作態度不同的主因。濃厚的節慶味道圍繞宴飲場合，身處其中的詩人，無法忽略這種節慶的存在，於是有關節慶的一切，很容易便成為詩作的內容之一，這也是為什麼節慶宴飲詩總不免提到一兩句應節詞語的原因。

　　而節慶的發生，各有其歷史淵源；節慶的存在，除了少數新定的節日（如以玄宗生日為千秋節）以及特殊慶賀事件（如加官）外，都是流傳已久的社會傳統風俗。行之既已久遠，宴飲活動又是其中活動之一，長久以來，不免有些相關宴集的名聲流傳下來。再加上節慶的存在本身就是一種懷古的行為，因而在節慶宴飲活動中，很容易因節慶的懷古而興發詩人的思古之情，於是前代宴集就在不知不覺中出現在盛唐詩人的宴飲詩句中，這一切的發生，都是極其自然的。至於一般文士遊樂宴飲活動由於缺乏節慶的這種懷古意義，缺乏思古的觸媒，再加上玄宗朝社會的繁盛所造成的宴飲活動的繽紛多姿，以及漫遊風氣所造成的人際交流的情感流動，完全吸引住

詩人的眼光，光描繪眼前的美景與情感都深感不足，何暇旁及、落入思古的幽緒？因此也就較少提及前代宴集了。更由於節慶宴飲活動的活動內容受到節慶傳統風俗的限制，往往有一定的活動方式（儀式）與飲食內容〔註71〕，這種限制，使得唐代社會的繁盛所造成的與前代宴飲活動的差異也就沒有那麼明顯，或者甚至沒有差異的存在。差異的存在不明顯甚或不存在，是以在盛唐人眼中也就沒有什麼自傲與不自傲的問題；在節慶宴飲活動中，能夠類同前代知名宴集反而被認爲是種風雅之事，是以在節慶宴飲詩中，玄宗朝詩人能夠以開闊的胸襟吟詠前代宴飲諸事，並用以來喻況眼前的宴集。這種與遊樂宴飲詩作風的差異，正是由「場域」（宴飲事由）的不同所造成的。

（三）安史亂後（756～907）

安史亂後文士的情感是複雜的，一方面承繼玄宗朝以來自信自傲的心態，對前代宴集表現出睥睨的態度，一方面喜歡以前代宴集來譬喻眼前宴集。有關自傲的表現，如：

可憐玉樹連桃李，從古無如此會榮。（白居易〈和楊郎中賀楊僕射致仕後楊侍郎門生合宴席上作〉《白居易集》卷二五）

共道升平樂，元和勝永和。（白居易〈上巳日恩賜曲江宴會即事〉《白居易集》卷十四）

洛下今修禊，群賢勝會稽。（劉禹錫〈三月三日與樂天及河南李尹奉陪裴令公泛洛禊飲各賦十二韻〉《劉禹錫詩集編年箋注》開成二年（837），頁621）

從今留勝會，誰看畫蘭亭。（崔護〈三月五日陪大夫泛長沙東湖〉《全唐詩》卷三六八）〔註72〕

〔註71〕如上巳祓禊，曲觴流水；寒食必冷餐食物；重陽必登高、飲酒、佩茱萸。在宴飲活動方面早就有約定成俗的舉行方式。

〔註72〕本詩《全唐詩》重出，一作張又新詩（卷四七九），一作李群玉詩（頁569）。重出之詩其中一、二字稍有出入。

　　紅袖青娥留永夕，漢陰寧肯羨山陰。（李翱〈奉酬劉言史宴光
風亭〉《全唐詩》卷三六九）

　　爲報會稽亭上客，永和不應勝元和。（劉言史〈上巳日陪襄陽
李尚書宴光風亭〉《全唐詩》卷四六八）

　　寧知臘日龍沙會，卻勝重陽落帽時。（權德輿〈臘日龍沙會絕
句〉《全唐詩》卷三二五）

　　今日同心賞，全勝落帽年。（權德輿〈和九日從楊氏姊遊〉《全唐
詩》卷三二九）

諸如此類，皆是對眼前的宴集表現出深厚的自信，以爲前代宴集不
如今日。然另一方面，文士亦喜歡引前代宴集譬喻眼前宴集，如：

　　今日會稽王內史，好將賓客醉蘭亭。（鮑防〈上巳寄孟中丞〉《全
唐詩》卷三〇七）

　　壺觴須就陶彭澤，時俗猶傳晉永和。（劉長卿〈三日李明府後
亭泛舟〉《全唐詩》卷一五一）〔註73〕

　　豈令永和人，獨擅山陰遊。（獨孤及〈同徐侍郎五雲溪新庭重陽
宴集作〉《全唐詩》卷二四六）

　　徒記山陰興，祓禊乃爲榮。（盧綸〈上巳日陪齊相公花樓宴〉《盧
綸詩集校注》卷五）

或睥睨前代宴集，或以前代宴集爲喻，其實均反映出文士對前代宴集
的認同態度。而進一步注意的話，可以發現這種對前代宴集的關注與
認同，由於上巳節日的關係，幾乎全集中在王羲之蘭亭修禊舊事上。
問題是：安史亂前，縱使是上巳之作，也很少拿蘭亭來進行譬喻、比
較的，安史亂前文士對蘭亭的取法，並不是在宴飲活動的形式上，而
是在詩文的傳世與知音的追尋上，是從文學作品的價值著眼的；安史
亂後上巳宴飲詩普遍的以蘭亭爲喻、相較，可以看出在此時文士心
中，對蘭亭的認同已由詩文的傳世與知音的追尋上，逐漸轉爲宴飲活

〔註73〕本詩一作皇甫冉詩，題爲〈三日義興李明府後亭泛舟〉（《全唐詩》
　　　　卷二四九）

動形式的認同。上述詩作中尤其特殊的是獨孤及的詩，作於重陽，卻仍引蘭亭為喻，由此或更可以證明在安史亂後文士對蘭亭集的這種關注與認同有上昇的趨勢。

相對於文士對蘭亭的日益喜好，中宗以前詩人特別關注的金谷宴集，在安史亂後的節慶宴飲詩中未曾出現。在歷史上，蘭亭所代表的是恬雅的文士雅集，金谷象徵的是豪華奢侈的富家宴會，從安史大亂前後文士對蘭亭金谷好尚的轉變，亦可以看出唐代社會宴飲風氣的由豪華奢侈向怡情恬雅的轉移情形。

若進一步敞開視野，不以宴飲詩為限，可以發現，現存所有以「金谷」為題的唐人詩作，全賦作於安史亂後，由是看來，其實安史亂後文士對金谷的重視更甚於安史亂前（自然也包括了中宗以前）。但是，這種關注的出發點、本質卻是不一樣的。安史亂前，文士對金谷園宴的關注立足於對金谷豪華宴集的認同、取法態度上；安史亂後，文士對金谷園宴的關注則是立足於對金谷繁華終歸塵土的傷悼中，是一種懷古，兩者是截然不同的〔註74〕。

第三節　結　語

綜合本章所述，結果如下：

一、中宗朝以前（618～710）

中宗以前節慶宴飲詩表現，宮廷內外作風明顯不同。雖然，本時期詩歌寫作是宮廷詩的天下，就算是出了宮門之外文士的賦作仍是以宮廷詩的格式為主要應酬範式，然而在內容表現上，由於宮廷負有為民表率的功能，因此在節日宴飲詩中，宮廷作品幾乎不脫離節日意義傳說的書寫，圍繞著節日進行歌詠，非但無毫新義，有部分作品甚至於連作者的態度都隱而不出的。侷限於節日之中，保守是其特徵。出了宮門之外，

〔註74〕詳見鄙人〈唐代文士的「金谷」印象〉一文，《中國古典文學研究》第八期，頁 37～67。

文士作品雖仍以採用宮廷詩三段式的結構方式寫作，然而卻與宮廷不離節慶的書寫內容完全背離，有近半數的作品中甚至一個字也沒有涉及到節慶相關的書寫，與遊樂宴飲詩完全沒有差別；其餘又有近四成的作品僅在詩中首聯偶一提及，若抽離首聯，則與遊樂宴飲詩無任何差別。

而在詩作的情感表達方面，宮廷內外一片歡愉聲，悲愁的情感是十分罕見的，如王勃「遽悲春望遠，江路積波潮」的「悲」，是其中唯一的特例，然而仔細探究這「悲」的實質，或只是為賦新詩強說的愁，悲愁的指數是很低的。歡欣構成了中宗以前節慶宴飲詩的情感基調。

至於對前代宴集的態度上，中宗以前詩人創作詩歌時，把宴飲相關的活動取向與詩歌文學價值作了一明顯的區分：在活動取向上，傾向於對金谷豪華宴集與山簡任情飲酒的追慕與仿傚；在詩歌的文學價值上，則仿傚蘭亭的文學看法。大抵而言，對前代宴飲活動都表現出追慕與仿傚的心態，這一點，與遊樂宴飲詩的表現是相同的。

二、玄宗朝（712～755）

就宮廷創作而言，同樣具有為民表率功能，相較於中宗以前的不脫節慶意義與傳說的書寫，玄宗朝則明顯政治掛帥，在節慶的意義之外，更強調政治教化的突顯。強調政治教化的這種寫作傾向，與同時期遊樂宴飲詩的表現是一致的。並且，由於玄宗本人對道教的特殊喜好，因而相關道教的一些詞語、思想亦有滲入宴飲詩寫作的情形，這一點，是玄宗朝宮廷節慶宴飲詩作與他朝頗不一樣的地方。

至於文士創作部分，對於節日的關注雖然還不是太多，但比起中宗以前的文士作品來，大抵而言，多數的詩作已然注意到節日的存在，尤其是在都城詩社交應酬影響的作品中，雖然關於節日只是輕描淡寫，但普遍都曾提及節日；而在遠離都城的地區，文士也開始以個人情感從事節慶宴詩創作，寫節日感觸，與節日的關係或深或淡，表現不一。

而在情感的表達方面，宮廷的表現與遊樂宴飲詩相同，不減宣揚政教與謳歌太平盛世的習慣，一片歡愉頌聲；宮廷外則因為太平盛世

與應酬格套的作用，仍是以表達歡愉之情爲主，然而在歡喜之餘，少數的悲愁也相應而生。這種愁，或僅如王勃般，是太平盛世中強說的愁，但更多的是因爲個人的遭際而悲愁。比起中宗以前來，玄宗朝詩人在節慶中興生了較深的悲愁。

雖然宮廷中慶賀宴飲詩中宗前早已存在，然而文士的作品卻一直要到本時期才正式出現，這類作品保存並不多，採應酬格套賦作，內容全圍繞慶賀事書寫，全是歡愉之情的流露。

至於詩中所表現出對前代宴集的態度，則和中宗以前有很大的不同。中宗以前，對前代宴集如金谷之類表現出追慕仿傚之情，而玄宗朝詩人則絕口不提金谷。時代的鼎盛，使詩人的眼界變寬變廣，泛用前代故實，旨在追尋情性的自然率眞，這一點，和同時期遊樂宴飲詩的絕少提及前朝故實有明顯的差異。

三、安史亂後（756～907）

安史亂後宮廷宴飲詩留存的十分稀少，大都集中在德宗一朝，表現以節慶宴飲詩爲最多。承襲玄宗朝的重政治表現，德宗朝君臣節慶宴飲賦作皆以政治爲尙，其餘無關應制諸作則多寫節筵即景即情，對於節慶的關注比玄宗朝更爲淡薄。而國勢削弱的現實反映在詩作中，德宗表現爲「無荒」的戒惕，宣宗以「傾心」「協力」與朝臣共勉，群臣則在傳統頌恩之餘不忘誓言報國。

而在文士的寫作部分，仍不免受應酬格套影響，但整體而言，持續玄宗朝詩人對節慶的關注再加溫，詩中相關節慶的陳述有加多的情形。與同時期遊樂宴飲詩不同的是，在節慶宴飲詩中少見文字遊戲的寫作，且不見酒令遊戲的記述與形容。雖如此，受時代詩風的影響，仍難免偶有「市井氣」的表現，對節俗宴飲活動內容有較深入的書寫。

值得注意的是，本時期文士節慶宴飲詩有四成三的比例均賦作於重陽佳節，顯示出安史亂後文士對重陽節宴的重視。並且，由於重陽登高避禍的節俗易勾起詩人對現實社會災難的悲愁感，因而表現在重

陽詩作中的悲愁感，比起其他節日中的表現來得既深且多。雖然，本時期節慶宴飲詩的寫作仍不免受應酬格套左右，詩中表達的情感仍以歡愉居多，但就整體而言，由於安史亂後社會殘破的現實，在歡愉的書寫外，相關悲愁的書寫，與安史亂前相比，不僅在數量上增加了許多，並且這種悲愁已不再只限於詩人個人遭際的悲愁而已，更擴大到整個社會、國家的悲慟；與同時期的遊樂宴飲詩相比，不僅是空泛的「悲」、「愁」字眼使用，而是更進一步的社會寫實，更深刻、更具體的寫出悲愁的內容，節慶的特殊作用，促使其與一般遊樂有所區別。

至於慶賀宴飲詩在本時期有了較多的作品存世，但總數也不過十五首而已，與節日宴詩相較之下稀少許多。本時期慶賀宴詩可分爲兩類，一是升官慶賀，採應酬格套，多歌頌，圍繞升官等慶賀主題，旨在表達慶賀之意，詞語較雅正；二是進士中舉慶賀，多文字遊戲，寫中舉得意心情，或不免流露「市井氣」。慶賀宴詩，全是歡愉的形容。

對於前代宴集，安史亂後文士的情感是複雜的，或承繼玄宗朝以來自信自傲的心態，對前代宴集表現出睥睨的態度；或追祖中宗朝以前，喜歡以前代宴集來譬喻眼前宴集，然而在宴飲活動形式的認同上，則表現出對蘭亭舊事的追慕之情，這一點，則明顯和中宗以前追慕金谷豪華宴集的表現截然不同。

綜合論之，節慶宴飲詩的寫作，宮廷與文士的創作是分流的，彼此各不相干。相較之下，文士的節慶宴詩反而與宮廷遊樂宴詩來得相近且相似些。進一步分析，詩中相關節慶的書寫，在宮廷方面是隨著時間的流動而越來越淡薄，在文士的創作中則是隨著時間的流動而加溫，兩者恰好相反。在情感的表現方面，隨著時間的進行，反映在文士節慶宴詩中的悲愁之情由虛（強愁）而實（眞愁），由小（個人遭際）而大（社會國家），逐漸轉濃。情感悲愁轉濃的表現，雖類同於遊樂宴飲詩，然而寫眞的表現卻更顯得具體、深刻。整體而論，節慶宴飲詩的寫作發展，和遊樂宴飲詩是不一致的。

第六章　送別宴飲詩

　　《昭明文選》有〈祖餞〉詩類，收錄六朝詩人祖餞詩八首，「祖餞」詩類的名號遂行於世，或以爲此即後世所謂的「送別詩」〔註1〕。然而本章所以題爲「送別宴飲詩」，而不用世所通用的「送別詩」或《昭明文選》的「祖餞」稱呼，是爲了突顯其與宴飲活動的關係，符合本論文「宴飲詩」的研究範圍，更重要的是因爲並不是所有的送別詩都賦作於宴飲活動之中，送別宴飲詩並不等於送別詩，與「祖餞」詩中的「祖」詩亦不甚相同。

　　首先就送別宴飲詩與送別詩作一區分。可以這麼說，「送別詩」是一廣義的名詞，所有與「送別」有關的詩作都可以包含在內，問題是，並不是所有有關「送別」的詩作都是寫作於宴飲活動之中。以盧綸〈送丹陽趙少府〉一詩爲例〔註2〕，從詩題上來看，這是一首標準的「送別詩」，然進一步觀看詩作內容，首聯「恭聞林下別，未至亦霑裳」，直接說明盧綸並未實際參與林下的送別活動，只是「恭聞」而已，此詩的寫作與別宴活動無關，因此並不是宴飲詩。又如杜甫〈送鄭十八虔貶台州司戶。傷其臨老陷賊之故，闕爲面別，情見於詩〉一

〔註1〕如金南喜《魏晉交誼詩類研究》（臺大中文博士論文，民國82年六月）第三章〈祖餞詩〉即有此說法。見是書頁75。

〔註2〕《盧綸詩注》卷一。

詩〔註3〕，雖然也是標準的送別詩，然而從詩題中即可明顯知道，這一次送別，杜甫連與鄭虔面見話別都來不及，更遑論以宴餞送！詩中亦云「倉皇已就長途往，邂逅無端出餞遲」，雖是送別詩，但卻非宴飲活動中的作品。又如李賀〈送沈亞之歌〉〔註4〕，從題目上看是標準的送別詩，但是此詩〈序〉云：「文人沈亞之，元和七年以書不中第，返歸吳江。吾悲其行，無錢酒一勞，又感沈之勤請，乃歌一解以送之。」是李賀根本無錢酒可以爲沈亞之送別，無宴飲活動的舉行，只有以歌一首爲送而已。因此，在本章的標題上，爲了標明其宴飲的特性，區分其與送別詩的不同，故以送別宴飲詩作爲題目。

其次，所以不用《文選》「祖餞」的稱呼，是因爲唐人並不作興「祖」的活動。祖是一種祭道神的活動〔註5〕，六朝詩中尚有以「祖」爲名的詩作〔註6〕，是以《文選》可以以「祖餞」爲名。然而唐人詩題中不曾見過以「祖」爲名的詩篇，絕大多數的送別作品都標以「送」字，只有很少數的作品才題爲「餞」，或「別」〔註7〕；並且在唐人詩文中，雖有「祖」字，但使用上卻是與「餞」、「送」字相同〔註8〕，

〔註3〕　《杜詩趙次公先後解輯校》乙帙卷之五。
〔註4〕　《李賀詩集》卷一。
〔註5〕　《詩經‧大雅‧烝民》：「仲山甫出祖」，注曰：「祖，祭道路的神。」
〔註6〕　洪順隆曾將所有六朝一百七十三題次一百七十六首完整的祖餞詩作一統計，發現其中「只含『祖』所代表的單純祭道神活動的詩題（簡稱『祖』類）有十三題次（包含『祖道』與『祖』二類）」，「含『祖』和『餞』結合所代表的祖餞風俗活動的詩題（簡稱『祖』、『餞』類）有三題次（包括『祖會』、『祖餞』二類）」。見氏著〈論六朝祖餞詩群對文類學原理的背離〉（第三屆魏晉南北朝文學國際學術研討會發表論文，民國86年十月二十四日）一文，頁4～5。
〔註7〕　以《全唐詩》中所收唐代送別詩作一統計，在全部5398首送別詩中，題爲「送」（包括「送」、「送別」）的有4383首，佔81.2%；題爲「別」的有734首（其中，題爲「別」的有418首，題爲「留別」的有211首，「贈別」的有96首，「宴別」的有9首），佔13.6%；題爲「餞」（包括「餞」、「餞別」）的僅有124首，佔2.2%；其他的有157首，佔2.9%。
〔註8〕　如李白〈與諸公送陳郎將歸衡陽序〉：「諸公仰望不及，連章祖之。」《李白全集校注彙釋集評》卷十六。

若仍舊依《文選》之稱，未免有些不符現實情形，因此本章標題不宜以「祖餞」稱呼。

唐人的送別活動十分的繁忙，姚合詩云「此生無了日，終歲踏離筵」〔註9〕，頻繁的送別活動，創作出大量的送別詩作，試將《全唐詩》中所有唐代送別詩作一統計，得到 5398 首之數〔註10〕。在這麼龐大的作品群中，究竟有多少寫於宴飲活動中，由於文獻的不足，造成問題的難解，並且單從詩題想要來分辨一首詩是否是在送別的宴飲活動中賦作出來的，是一件頗為困難的事。主要是因為唐人對於「餞」與「送」名詞使用的區別並不嚴謹。洪順隆先生研究六朝祖餞詩時，曾將古來祖餞風俗活動分為祖（祭道神）、餞（別宴）、送（單純的送別）等三部分〔註11〕。然而在唐人的送別詩詩題上，雖然「餞」指的是一定有宴飲活動舉行的送別活動，然而以「送」為名的詩歌卻也未必不是在送別的宴飲活動中寫成的，如錢起〈奉送劉相公江淮催轉運〉一詩，魏慶之《詩人玉屑》卷十二云：「唐燕集必賦詩，推一人擅場。」「送劉相巡江淮，錢起擅場。」，是錢氏此詩雖僅題為「送」，實際上卻是作於宴集之中的。然而可以考知的文獻資料太少，絕大多數以「送」、「別」為名的送別詩都無法得知其確切的創作場合，在這種情形下，想要分辨何者是賦作於宴飲活動之中，有實際上的困難。為免訛誤，因此本章論送別宴飲詩的寫作，在研究的對象擇取時標準從嚴，儘量找尋佐證，必是賦作於別筵中的詩作方可入於選中。要說明的是，唐人的送別活動，就與飲食相關的有兩種方式：一是正式的、較大型的、或有聲妓樂舞助興的筵宴活動；二是簡便的、小型的，壺觴卮酒長亭送別〔註12〕。由於大多數唐人詩作寫作場合的難以考知，

〔註9〕 姚合〈送殷堯藩侍御赴同州〉《姚合詩集校考》卷一。
〔註10〕 此僅就唐代部分作一統計，有關五代送別詩作不在統計之列中。
〔註11〕 見洪順隆〈論六朝祖餞詩群對文類學原理的背離〉一文，頁4。
〔註12〕 許渾〈送張處士〉：「宴罷眾賓散，長歌攜一卮。溪亭相送遠，山郭獨歸遲。」（《丁卯集箋証》卷三），可知這兩種不同方式的送別活動的存在事實。

因此不管場合的正式或簡便、大型或小型，只要有宴或飲的事實，都包含在內。

　　雖然送別宴飲詩指的是賦作於宴飲活動中的送別相關詩作，但是在宮廷中，並不是所有以宴為名的「送」詩都可以稱為送別宴飲詩，如源乾曜等十七人所賦的〈奉和聖製送張說上集賢殿學士賜宴〉詩，詩題中雖有「送」與「宴」字，雖是宴飲活動中的「送」詩，然而在性質上並不屬於送別詩；雖然有「送」的舉動，但卻不曾有「別」的發生，張說仍是在朝為官，以中書令兼授集賢殿學士、知院事。因為沒有「別」的發生，所以本組應制詩雖有「送」、「宴」等字，卻不可以稱為送別宴飲詩，將之歸為節慶（慶賀）宴飲詩反較適合其實際的性質。這是在選材時必須謹慎小心的地方。

第一節　宮廷送別宴飲詩

　　現存唐代宮廷送別宴飲詩僅四十四首，和同為宮廷之作的遊樂宴飲詩的一百八十七首，以及節慶宴飲詩的一百七十四首相較，數量實在很少。且這四十三首作品主要集中在安史亂前，尤其是玄宗朝就佔了三十三首；安史亂後僅存詩一首、殘詩兩句，存詩分布情形十分不平均。

　　探究宮廷送別宴飲詩數量稀少的原因，或和宮廷送別宴飲活動的稀少有直接且密切的關係。以中宗朝為例，《唐詩紀事》卷九〈李適〉載中宗景龍二年（708）七夕起到景龍四年（710）四月二十九日間四十二次遊宴活動，其中，屬於遊樂活動的有二十一次，屬於節慶活動的有十七次，屬於送別活動的纔四次。送別活動的稀少，自然直接影響到詩作留存數量的不多了。

　　此外，探究安史亂後宮廷送別宴飲詩稀少的原因，和君王的態度應有直接的關係。安史亂後宮廷詩作品保留的數目本來就不多，如遊樂、節慶類的作品又幾乎全是德宗朝的作品，然而在送別宴飲詩方面

德宗朝卻只有德宗〈送徐州張建封還鎭〉一詩留存下來而已。《舊唐書》卷一四○〈張建封傳〉云：「貞元已後，藩帥入朝及還鎭，如馬燧、渾瑊、劉玄佐、李抱眞、曲環之崇秩鴻勳，未有獲御製詩以送者。建封將還鎭，特賜詩。」〔註13〕「未獲御製詩以送」，是君王不賦詩，臣下自然也無得應制奉和，自然也無詩作可供傳世。

存詩的稀少與分布的不平均，是宮廷送別宴飲詩研究的先天背景。

一、詩作內容

宮廷送別宴飲詩的寫作，由於現實別離的影響，往往不脫別離主題的呈現，然而與宮廷遊樂、節慶詩作相類似的是，這種別離主題的表現，受到君王好尙的影響很大，不同的君主，有不同的表現情形。

（一）太宗朝（627～649）

太宗時期，由於君王對齊梁詩風的喜好〔註14〕，因而表現在送別宴飲詩作中，也是這種刻畫細膩的形容，注重情感的表達，如題爲太宗作的〈餞中書侍郎來濟〉詩：〔註15〕

> 曖曖去塵昏灞岸，飛飛輕蓋指河梁。雲峰衣結千重葉，雪岫花開幾樹妝。深悲黃鶴孤舟遠，獨歎青山別路長。聊將分袂霑巾淚，還用持添離席觴。（《全唐詩》卷一）

「黯然銷魂者，唯別而已矣」，面對分離，不免傷情，本詩寫作，柔媚纖細，不減齊梁風味，但以情緯詩，所列種種景物都是爲了表現離

〔註13〕德宗〈送徐州張建封還鎭〉一詩，是安史亂後唯一完整的餞別詩，另一首宣宗的餞詩僅存殘句而已。

〔註14〕有關太宗對齊梁詩風喜好的情形，詳見第四章第一節〈宮廷遊樂宴飲詩〉有關太宗朝的說明。

〔註15〕本詩一作宋之問詩，然而來濟卒於高宗龍朔二年（662），宋之問當時才七歲，因此很明顯不是宋詩。雖題爲太宗作，但是來濟爲中書侍郎事在高宗永徽二年（651），太宗時雖受賞識，但僅爲中書舍人（來濟爲中書舍人，事在貞觀十八年（644）以後。見《舊唐書》卷八十〈來濟傳〉。），因此此詩是否爲太宗所作，仍屬可疑，如王仲鏞《唐詩紀事校箋》（成都：巴蜀書社，1992年）即「疑此詩爲高宗所作」，見是書，頁95。

情，情感的深刻，是本詩特出之處。別離的傷感壓過了一切，頸聯預想別後，更添傷感。尾聯歸結眼前，在勸酒聲中作結，既能扣合事實，又有有餘不盡的味道，為本詩情感作了一個很好的引導。同時應制而作者尚有許敬宗詩存世：

> 萬乘騰鑣警岐路，百壺供帳餞離宮。御溝分水聲難絕，廣宴當歌曲易終。興言共傷千里道，俯跡聊示五情同。良哉既深留帝念，沃化方有贊天聰。(〈奉和聖製送來濟應制〉《全唐詩》卷三五)

許敬宗這首詩，在情感表達上仿照前首君王之作，從眼前離宴寫起，頷聯寓情於景中，「御溝分水聲難絕，廣宴當歌曲易終」，一副時光恨短的模樣，情景交融。頸聯敘寫惜別情狀，離情依依，尾聯化為期望勉勵語。通篇以情緯詩，表現雖不如前述太宗詩柔媚，但仍不失為深情之作，句構四平八穩，為標準的宮廷應制詩作。

太宗朝宮廷送別宴飲詩作留存的很少，綜觀這些作品，可以這麼說，「以情緯詩」是本時期宮廷餞別詩作的主要特點，與其他時期的宮廷送別宴飲詩相較起來，太宗朝算是最重視情景交融、別離情感的書寫的。

（二）中宗朝（705～710）

中宗朝宮廷送別宴飲詩作現存六首，全是一時應制之作。事在中宗景龍三年（707）八月，時突厥犯邊，朝廷特遣張仁亶為朔方軍大總管，赴邊抗敵，臨行時於望春宮特設筵席，以為餞送。這六首詩雖是餞別之作，但卻充滿了邊塞的氣息，以蘇頲詩為例：

> 北風吹早雁，日夕渡河飛。氣冷膠應折，霜明草正腓。老臣帷幄算，元宰廟堂機。餞飲迴仙蹕，臨戎解御衣。軍裝乘曉發，詩律候春歸。方佇勳庸盛，天詞降紫微。(《全唐詩》卷七四)

首四句寫邊塞風光，濃厚邊塞詩風味，五、六句頌美張大總管才能，七句以下，從眼前餞別為起點，一直設想到邊塞臨戎，得勝歸朝，君

王降恩，不言戰爭，正明勝戰之速。雖是餞別詩，但全詩沒有一句悲涼淒愴的離別愁緒的形容，與前述太宗朝餞送詩的柔弱悲傷，不勝離愁的書寫，正形成明顯的對比；強烈的邊塞風味充斥詩中，雖是餞別詩，卻有邊塞詩的氣息，詩中表現，正與當時的邊塞詩歌寫作風格相契合〔註16〕。當時同賦者現存詩六首，內容多有相近的表現，就邊塞的景物形容而言，如：

> 露下鷹初擊，風高雁欲賓。方銷塞北祲，還靖漠南塵。（李嶠《全唐詩》卷六一）

> 邊郊草具腓，河塞有兵機。……武貔東道出，鷹隼北庭飛。（李乂《全唐詩》卷九二）

或恭維君王任用得人，如：

> 老臣帷幄算，元宰廟堂機。（蘇頲《全唐詩》卷七四）

> 命將澤耆年，圖功勝必全。（劉憲《全唐詩》卷七一）

> 解衣延寵命，橫劍總威名。豹略恭宸旨，雄文動睿情。（李適《全唐詩》卷七〇）

或盛言軍容國威，如：

> 光輝萬乘餞，威武二庭宣。中衢橫鼓角，曠野蔽旌旃。（劉憲《全唐詩》卷七一）

> 三軍張武旆，萬乘餞行輪。猛氣凌玄朔，崇恩降紫宸。（李嶠《全唐詩》卷六一）

> 御蹕下都門，軍麾出塞垣。長楊跨武騎，細柳接戎軒。睿曲風雲動，邊威鼓吹喧。（鄭愔《全唐詩》卷一〇六）

> 上宰調梅寄，元戎細柳威。武貔東道出，鷹集北庭飛。玉匣謀中野，金輿下太微。（李乂《全唐詩》卷九二）

而預祝凱歸則是這類詩常見的結尾方式，如：

〔註16〕何寄澎《總是玉關情——唐代邊塞詩初探》（台北：聯經出版公司，1978年）論初唐邊塞詩時，以為初唐邊塞詩有「不染齊梁風氣」、「新興帝國的雄壯歌聲」、「豪邁精神與忠愛情操的結合」等表現。見是書頁38～43。

> 方銷塞北祲，還靖漢南塵。（李嶠《全唐詩》卷六一）
>
> 勿謂公孫老，行聞奏凱歸。（李乂《全唐詩》卷九二）
>
> 坐觀膜拜入，朝夕受降城。（李適《全唐詩》卷七〇）

從上述的整理中，可以看出這種送將領出征的送別宴飲詩作的內容和一般餞送文臣上官有很大的不同，出征的特殊意義蓋過了離情的傷感，將帥的出師，是朝廷的希望，是國勢強大的倚靠，因而這種別離，本身就不帶有任何悲傷意味，而是慷慨激昂的，讓將士們在高昂的氣氛中走向荒漠，面對頑敵。因而詩歌的創作，也從此入手，充滿了豪雄的氣氛。

（三）玄宗朝（712～755）

現存唐代宮廷送別宴飲詩作，以玄宗一朝的作品留存最多。玄宗朝的送別宴飲詩作，歸結表現，有以下二特色：

1. 以事為主，少言情感

現存的玄宗朝宮廷送別詩不少，然而明確可辨爲餞別詩作的並不算太多，在這些不算太多的詩篇中，可以看出一個共通的景象，那就是：「情」的退讓，「事義」升爲主角。在太宗朝的宮廷送別宴飲詩中，曾有一些著力形容離情的唯情之作，「以情緯詩」曾是的重要表現方式之一，然而在玄宗朝宮廷送別宴飲詩中，這種別情的形容幾乎消逝於詩作中，送別事由主宰了詩作的走向。如唐玄宗〈送賀知章歸四明〉：

> 遺榮期入道，辭老竟抽簪。豈不惜賢達，其如高尚心。寰
> 中得秘要，方外散幽襟。獨有青門餞，群僚悵別深。（《全唐
> 詩》卷三）

在盛唐宮廷送別宴飲詩中，本詩已屬情深之作。天寶二年（743）十二月乙酉，賀知章「因病恍惚」，求度爲道士歸鄉，玄宗特詔批准，並且迅速於天寶三年（744）正月五日，於青門內長樂坡爲之餞別，「御制詩以贈行，皇太子已下咸就執別。」〔註17〕時賀知章已高齡八十又

〔註17〕見《舊唐書》卷一九〇〈文苑傳中〉。又〈序〉云：「天寶三年（744），太子賓客賀知章，鑒止足之分，抗歸老之疏，解組辭榮，志期入道，朕以其年在遲暮，用循挂冠之事，俾遂赤松之遊。正月五日，將歸

六，此次餞別，由於賀知章的羸老，朝中上下其實大多心中有數，永別的可能性十分大，然而玄宗此詩中既不言永別，亦少談別離之淒苦，轉移角度，取眼前事，從賀知章入道事著墨，尊賢之意溢於辭表。然而唐玄宗此詩，結尾尚不免有「獨有青門餞，群僚悵別深」寫離情傷感之句，其他同時應制而作，如李白、李林甫之章，則完全從入道一事著筆，無一字寫離情：

> 久辭榮祿遂初衣，曾向長生說息機。真訣自從茅氏得，恩波寧阻洞庭歸。瑤臺含霧星辰滿，仙嶠浮空島嶼微。借問欲棲珠樹鶴，何年卻向帝城飛。（李白〈送賀監歸四明應制〉《李白全集校注彙釋集評》卷十四）

> 挂冠知止足，豈獨漢疏賢。入道求真侶，辭恩訪列仙。睿文含日月，宸翰動雲煙。鶴駕吳鄉還，遙遙南斗邊。（李林甫〈送賀監歸四明應制〉《全唐詩》卷一二一）

二李詩作皆從入道事著墨，從朝廷角度書寫，冀其登仙而又諷其戀闕，盛言朝廷的眷顧無限，但是就是不涉及個人情感，是共同的特色。

　　而在出塞、巡邊的宮廷送別宴飲詩中，從初唐以來，本來就缺乏離情相關的書寫，玄宗朝時這種作風不變，以餞別事由為主要描寫內容，以唐玄宗〈餞王晙巡邊〉一詩為例：

> 振武威荒服，揚文肅遠墟。金壇申將禮，玉節授軍符。免冑三方外，銜刀萬里餘。昔時吳會靜，今日虜庭虛。分閫仍推轂，援桴且訓車。風揚旌旆遠，雨洗甲兵初。坐見台階謐，行聞袄祲除。檄來雖插羽，箭去亦飛書。舟楫功須著，鹽梅望匪疏。不應陳七德，欲使化先敷。（《全唐詩》卷三）

從開元三年以來，王晙多次用兵突厥，屢獲戰績。開元十一年（723）六月，又命當時擔任兵部尚書的王晙遠赴朔方軍，平定突厥之亂，本詩即為當時賦作〔註18〕。首聯「振武威荒服，揚文肅遠墟」，對王晙長久

〔註18〕據張說〈奉和聖製送王晙巡邊應制〉詩首聯「六月歌周雅，三邊遣

以來的績業作一總論,是對功臣的一大肯定;而後從命帥經過、敵我概況寫起,進而寫身爲國君的深深期望,詩末歸及政教,全是針對餞別事由進行書寫。同時賦作,今可見者尚有張說、張九齡的作品,也都呈現出這種傾向。此外,又如張九齡〈奉和聖製送尚書燕國公赴朔方〉:

> 宗臣事有征,廟算在休兵。天與三台座,人當萬里城。朔南方偃革,河右暫揚旌。寵錫從仙禁,光華出漢京。山川勤遠略,原隰軫皇情。爲奏薰琴唱,仍題寶劍名。聞風六郡伏,計日五戎平。山甫歸應疾,留侯功復成。歌鍾旋可望,衽席豈難行。四牡何時入,吾君憶履聲。(《全唐詩》卷四九)

首六句言朝廷「休兵」息戰的期望,明白所以出征的理由,續而從出征寫到預想平戎迅捷,詩末假君王期望,恭祝早日凱旋歸來。全詩無一句寫別情愁緒,只是繁用典故,妝點出征經過,純粹從「征戰」此一餞別事由入筆。與張九齡此詩同時賦作者,現今尚存二十一首,雖然內容各異,但是都呈現餞別事由勝於離情的書寫。

2. 強調政治教化意義

唐代宮廷送別宴飲活動的舉行,本即帶有很濃厚的政治因素,再加上唐玄宗本人對政治教化的崇尚,因而在玄宗朝的宮廷餞別詩作中,呈現很強烈的政治教化意味。先以唐玄宗詩爲例 (註19) ,其〈送張說巡邊〉詩:

> 端拱復垂裳,長懷御遠方。股肱申教義,戈劍靖要荒。命將綏遠服,雄圖出廟堂。三台入武帳,八座起文昌。寶冑匡韓主,華宗輔漢王。茂先慚博物,平子謝文章。盡節恢時佐,

---

夏卿」句判斷,本詩應作於六月時,而考察王晙多次奉詔巡邊朔方,除開元十一年(723)以六月出巡外,其餘或在九月(開元八年720)、四月(開元九年721),均不符六月之說,以是推知論定。

〔註19〕唐玄宗崇尚道教,曾作了多首送別道士的詩,如〈送趙法師還蜀因名山奠簡〉、〈送道士薛季昌還山〉、〈送玄同眞人李抱朴謁潛山仙祠〉等等,然而無法考知是否爲餞別之作,與宴飲的關係不明,因此不列入研究範圍。

輸誠禦寇場。三軍臨朔野，駟馬即戎行。鼓吹威夷狄，旌軒
溢洛陽。雲臺先著美，今日更貽芳。(《全唐詩》卷三)

「巡邊使」的任務，據雷紹峰考證，以爲有五：「一、了解巡察邊
地的全部情況，『向戍役之勤，詳山澤之要，稽軍實之名數，計饋
餉之盈虛；宿弊有未除，眾情有未達，兵機敵態』等等。二、『循
拊』，即安撫民眾與士卒。三、臨事處置，『所經過州鎮，與節度防
禦使、刺史審度，商量利害』，或『與節度防禦仔細商量，據下切
要聞，不得妄命申請。』四、提出建議。……五、須及時全面準確
地向皇帝奏報詳細情況，即『據實事聞奏』，『一以上聞』。」〔註20〕
巡邊使爲臨時性的差遣，責任重大。張說巡邊，事在開元十年(722)
閏五月，雖名爲巡邊，實主戎事。早在開元七年(719)，張說即檢
校并州長史，兼天兵軍大使，與邊族有多次接觸；開元九年(721)，
王晙率兵討叛胡康待賓時，即令張說爲相知經略，張說擊破叛胡與
党項的連結，並因而拜兵部尚書、同中書門下三品；開元十年
(722)，邊事不已，朝廷乃再次遣派張說前往朔方巡邊〔註21〕，本
詩即當時所作。玄宗此詩，一開頭即以「端拱復垂裳，長懷御遠方。
股肱申教義，戈劍靖要荒」說明君王欲無爲懷柔，以及臣下盡忠報
國的基本治國理念；而後由此衍義，寫張說巡邊的意義，稱讚張說
的才華，多用典故以爲書寫，表達朝廷的期望；詩末預想戰勝歸來，
是標準的宮廷送別宴飲詩結尾。玄宗的這種政治教化期望，也影響
同時應制的大臣諸作，如：

宗臣事有征，廟算在休兵。(張九齡〈奉和聖製送尚書燕國工赴
朔方〉卷四九)

帝道薄存兵，王師尚有征。……德風邊草偃，勝氣朔雲平。
宰國推良器，爲軍挹壯聲。至和常得體，不戰即亡精。(宋
璟〈奉和聖製送張說巡邊〉《全唐詩》卷六四)

〔註20〕見陳國燦、劉健明主編的《《全唐文》職官叢考》(武漢：武漢大學
　　　　出版社，1997年)，頁366。
〔註21〕詳見《舊唐書》卷九七〈張說傳〉。

至德撫遐荒，神兵赴朔方。帝思元帥重，爰擇股肱良。（徐堅《全唐詩》卷一○七）

漢主知三傑，周官統六卿。四方分閫受，千里坐謀成。（許景先《全唐詩》卷一一一）

示刑夷夏變，流惠鬼方同。寇息軍容偃，塵銷朔野空。用師敷禮樂，非是為獯戎。（王光庭〈奉和聖製送張說巡邊〉《全唐詩》卷一一一）

經略圖方遠，懷柔道更全。歸來畫麟閣，藹藹武功傳。（席豫〈奉和聖製送張說巡邊〉《全唐詩》卷一一一）

上述諸句，皆明顯傳達出唐玄宗「端拱復垂裳，長懷御遠方。股肱申教義，戈劍靖要荒」的政治理念，政治教化意義在此特意地被突顯出來。與送張說巡邊相類的，又如餞王晙出邊：

不應陳七德，欲使化先敷。（唐玄宗〈餞王晙巡邊〉《全唐詩》卷三）

六月歌風雅，三邊遣夏卿。欲施攻戰法，先作簡稽行。禮樂知謀帥，春秋識用兵。一勞堪定國，萬里即長城。（張說〈奉和聖製送王晙巡邊應制〉《全唐詩》卷八八）

開元十一年（723）六月，兵部尚書王晙赴朔方軍，群臣相餞，唐玄宗特地賦詩以贈行。當時賦作所存雖不多，僅三首，然而卻多充滿政治教化意味。

雖然強調政治教化意義，但是由於被餞者的將赴邊塞，因此詩中或對邊塞不免著墨，如「絕漠蓬將斷」〔註22〕、「夏近蓬猶轉，秋深草木腓」〔註23〕、「沙場北際天，春多見嚴雪」〔註24〕等邊塞風光的形容，整體表現雖然不如中宗朝多，然而由於強調政治教化，所以這類詩中充滿帝國的雄壯歌聲，豪邁精神與忠愛報國情操更是詩中寫作重點，開元盛世的光芒，在這類詩作中綻放。

除了出征巡邊理由外，在其他的宮廷送別宴飲詩中，亦多政治理

〔註22〕崔日用〈奉和聖製送張說巡邊〉《全唐詩》卷四六。
〔註23〕崔泰之〈奉和聖製送張說巡邊〉《全唐詩》卷九一。
〔註24〕席豫〈奉和聖製送張說巡邊〉《全唐詩》卷一一一。

念的表達，如：

> 三年一上計，萬國趨河洛。課最力已陳，賞延恩復博。垂
> 衣深共理，改瑟其咸若。首路迴竹符，分鑣揚木鐸。戒程
> 有攸往，詔餞無淹泊。昭晰動天文，殷勤在人瘼。持久望
> 茲念，克中期所託。行矣當自強，春耕庶秋穫。（張九齡〈奉
> 和聖製送十道採訪使及朝集使〉《全唐詩》卷四七）

「採訪使」的職責在考課各地官員善惡，為天子耳目，以澄清吏治，
照規定是三年一上奏〔註25〕，因而張九齡此詩一開頭便有「三年」字
樣。而「朝集使」為各州郡所派遣進京，責任在於上一年計會文書及
功狀〔註26〕。兩者職責雖大相逕庭，但都是為天子效力的人，因而在
張九齡此詩中，充滿政治教化的意味，頗有勸勉之意。相似情形的，
又如王維〈奉和聖製暮春送朝集使歸郡應制〉：

> 萬國仰宗周，衣冠拜冕旒。玉乘迎大客，金節送諸侯。祖
> 席傾三省，褰帷向九州。楊花飛上路，槐色陰通溝。來預
> 鈞天樂，歸分漢主憂。宸章類河漢，垂象滿中州。（《王維詩
> 集校注》卷四）

王維此詩，雖不如張九齡全是政治教化之詞，但亦呈現出濃厚的政治
意圖。又如唐玄宗〈餞裴寬為太原尹〉殘句：

> 德比代雲布，心如晉水清。（《全唐詩》卷三）

均是強調政治教化的意義。可以這麼說，政治教化意義貫穿了本時期
宮廷餞別詩的寫作，是一種時代共通的特色。

〔註25〕《唐會要》卷七八〈採訪處置使〉條云：「開元二十二年（734）二
月十九日，初置十道採訪處置使，以御史中丞盧絢等為之。……二
十五年（737）十二月二十四日，命諸道採訪使考課官人善績，三年
一奏，永為常式。」

〔註26〕源於漢代的「上計吏」，由郡國所派遣，至京上計簿，將全年人口、
錢糧出入及盜賊、獄訟等事報告朝廷。《周禮·天官·小宰》賈公彥
疏：「漢之朝集使，謂之上計吏，謂上一年計會文書及功狀也。」《唐
六典》卷三：「凡天下朝集使，皆令都督、刺史及上佐更為之。……
皆以十月二十五日至于京師，十一月一日戶部引見訖，於尚書省與
群官禮見，然後集於考堂，應考績之事，元旦陳其貢篚於殿庭。」

（四）安史亂後（756～907）

安史亂後，宮廷送別宴飲詩僅存德宗詩一首，以及宣宗兩殘句，數量上十分的稀少。因此只能就這僅存的詩句，作一觀察。首先是德宗的〈送徐州張建封還鎮〉：

> 牧守寄所重，才賢生爲時。宜風自淮甸，綏鉞膺藩維。入
> 覲展遐戀，臨軒慰來思。忠誠在方寸，感激陳情詞。報國
> 爾所向，恤人予是資。歡宴不盡懷，車馬當還期。穀雨將
> 應候，行春猶未遲。勿以千里遙，而云無己知。（《全唐詩》
> 卷四）

全詩十六句，前十句盡陳君臣兩人間關係，後六句方寫送別事。雖寫送別，然尾聯以「勿以千里遙，而云無己知」作結，仍是扣緊前面君臣關係書寫。是本詩雖爲餞別之作，但主要不是別情的形容，而是重在君臣間傾心信任的良好關係書寫上。德宗向有「多疑忌」之名，事必躬親，然而探究德宗此種性格的形成，或以爲和當時的黨爭有關〔註27〕。再加上藩鎮的跋扈，桀驁不馴，更使德宗倍嘗其苦，甚至之前還曾被迫逃離長安〔註28〕，因此，藩鎮的「忠誠」對「多疑忌」的德宗而言，是多麼渴望，且又多麼難得的事。面對張建封的來朝入覲表歸順，並多所奏聞〔註29〕，在德宗心中，這種感動的程度是無可言喻的，因此貞元已後，藩帥入朝及還鎮，如馬燧、渾瑊、劉玄佐、李抱眞、曲環之崇秩鴻勳，未有獲御製詩以送者，獨張建封獲御詩以贈〔註30〕，可見在德宗心目中張建封地位的崇高。其實德宗不僅以詩爲餞而已，又以自己平常所執鞭賜張建封，

〔註27〕詳見第四章遊樂宴飲詩第一節宮廷遊樂宴飲詩中相關德宗朝的敘述。

〔註28〕事在建中四年（783）。

〔註29〕張建封來朝在貞元十三年（797）冬，至貞元十四年（798）春上巳過後方離京。張建封所奏聞者，有：一、宮市之弊，二、河東節度使李說與華州刺史盧徵風疾，信任左右胥吏決遣；三、金吾大將軍李翰好伺察城中細事，人畏而惡之等事，詳見《舊唐書》卷一四○〈張建封傳〉。

〔註30〕《舊唐書》卷一四○〈張建封傳〉。

「表卿忠節也」〔註31〕。史臣論張建封，以爲「慷慨下位之中，橫身喪亂之際，力扶衰運，氣激壯圖，義風凜凜，聳動群醜，春盜之喉，折賊之角，可謂忠矣！」又云「徐州請觀，頗有規諫之言，所謂以道匡君，能以功名始終者。」〔註32〕了解張建封在德宗心中的地位以及史臣的評價後，對於德宗此送行之詩何以重君臣間關係的書寫一事，便不難理解了。

德宗以後，僅存宣宗餞崔鉉詩殘句兩句：「七載秉鈞調四序，一方獄市獲來蘇」（《全唐詩》卷四）〔註33〕，句中讚美崔鉉功業，並表達未來期望，緊扣政治書寫，呈現出對政治革新的渴望之情。

或許可以勉強爲安史亂後的宮廷送別宴飲詩作一結論，那就是：相較於玄宗朝的以事爲主，強調政治教化的意義，安史亂後的送別宴飲詩作雖不脫離政治，但在君王心中更重視的是被餞者這個人，因此德宗以過半數的十句寫君臣兩人間關係，宣宗先讚美崔鉉先前功業，後表達期望，都是針對被餞者個人爲言的。安史亂後宮廷送別宴飲詩由於存詩太少，這種結論是否合乎當時情形，實未可知，然君王詩作多半具有左右臣下應制內容的效能，因此這個結論或許去眞實不遠也未可知。

二、寫作態度

宮廷送別宴飲詩的寫作心態，與同爲宮廷詩作的遊樂、節慶宴飲

〔註31〕《舊唐書》卷一四○〈張建封傳〉載：「又令高品中使齎常所執鞭以賜之，曰：『以卿忠貞節義，歲寒不移，此鞭朕久執用，故以賜卿，表卿忠節也。』」

〔註32〕同註29。

〔註33〕如《全唐詩》載：「（宣宗）大中九年（855）七月甲午，崔鉉由左僕射爲淮南節度，帝於太液亭宴餞，賜詩有七載秉鈞之句，儒者榮之。」按：此事諸書記載有些許出入。如《舊唐書》卷十八〈宣宗紀〉繫此事於八月，且崔鉉爲「尚書右僕射」，月份不同，官職亦異；如《東觀奏記》卷下載「崔鉉赴鎮淮南，幸通化樓送之，並賜詩四韻，以寵行邁。」則宴餞地點有別。雖於細節頗有出入，然崔鉉出鎮淮南，帝以詩宴餞事，則無庸置疑。《金華子》卷上載崔鉉「鎮淮海九載」。

詩作的寫作心態是不一樣的。試以圖顯示這種寫作心態的差異：

圖一：遊樂、節慶宴飲詩　　　　圖二：餞別詩

在遊樂和節慶宴飲活動中，宮廷詩的寫作是一種雙向互動的行爲：君王書以示臣僚，百僚相和以爲樂。這種互動的關係是單純的、單一的，在君尊臣卑的政治體系中，君主佔有絕對的「勢」的優勢，因此宴飲賦作時，臣下莫不盡力的阿諛諂媚，歌功頌德，以討君王的歡心，以求得賞識。而在送別宴飲活動中，宮廷詩的寫作是一種多方向、複雜的人際互動行爲：君王與被餞者間的賦作，屬雙向示意的互動行爲，寫作心態與遊樂、節慶宴飲詩相似〔註34〕；而其他陪餞者應制賦作，表面上（陽）是對被餞者的單向示意，而私底下，實際上（陰）卻是寫給君王看的，討好君王的，是一種對君王的單向示意。這種陽／陰的表現，正是中國人處理人際關係的最高哲學。

試以許敬宗〈奉和聖製送來濟應制〉一詩爲例：

> 萬乘騰鑣警岐路，百壺供帳餞離宮。御溝分水聲難絕，廣宴當歌曲易終。興言共傷千里道，俯跡聊示五情同。良哉既深留帝念，沃化方有贊天聰。（《全唐詩》卷三五）

本詩表面上富麗堂皇，寫景言情，頗爲深刻動人，實際上不涉個人情感，全是應酬詞句；尾聯語帶勉勵，表達期望，希望來濟能不負君王賞識，好好有一番作爲，表面上是對來濟說，其實是對君王而發的。來濟此次究竟是在什麼原因下「出行」，並沒有確實資料可以說明，然而若從詩題，以及相關來濟的生平傳記資料來看，本詩有可能是在高宗顯慶二年（657）來濟從中書令貶爲台州刺史時的

〔註34〕只言「相似」不言「相同」，是因爲餞別活動與遊樂、節慶等玩樂意味濃厚的宴飲活動基本心態上仍是有悲、喜之別的。

餞別之作〔註35〕。從史載上可以知道，許敬宗與來濟個人私交並不佳，在立武氏爲后的意見上甚至嚴重相左〔註36〕，這件事並造成來濟在許敬宗的構陷下貶官爲台州刺史，最後走向以死謝恩之途的〔註37〕。若假設本詩眞是來濟貶爲台州刺史時所賦作的，那麼解讀此詩的寫作，陽／陰的情形就十分明顯了：明明與討厭的人分離，表面上卻寫得一副依依不捨的模樣，彷彿周遭景物也同染離情一般。詩作內容與個人眞實情感分離，情感表達流爲一種禮節慣例，一種格套。因爲實際上有「陰」（寫給君王看）的「謀」，爲了討好君王，因此本詩最末發爲勸勉之詞：「良哉既深留帝念，沃化方有贊天聰」，提醒被餞者別忘了君王的賞識恩情，未來到了目的地後要勉勵施政（沃化），不負君恩，站在同爲大臣的角度，鼓勵被餞者莫負君恩。「莫負君恩」一事，對貞正亮節的被餞者來濟而言，

〔註35〕來濟在太宗時雖受賞識，但僅爲中書舍人，且一直在朝爲官，未見有任何出朝任官的記錄。高宗永徽二年（651），來濟始爲中書侍郎，至顯慶二年（657）時，方以許敬宗構陷，貶爲台州刺史，在傳記資料中始見來濟有出行的記載（在此之前，來濟一直在朝爲官，未嘗出使或外放）。台州在今浙江臨海縣，對長安而言，實在是非常地遙遠，正符合題爲太宗所作的餞別詩中的「深悲黃鶴孤舟遠，獨歎青山別路長」與許敬宗詩的「興言共傷千里道」的形容。來濟此次受貶，與褚遂良同時遭遇，對於貶褚遂良、來濟諸人之舉，後世多以爲其實高宗並不是十分贊成的，因而君王爲其舉行餞別宴是頗有可能的，以此或不難理解何以題爲君王賦作的餞別詩中有「聊將分袂霑巾淚，還用持添離席觴」如此依依不捨之情句出現。綜上旁證，因此大膽推測此餞別詩作或應是賦作於來濟貶台州時的餞別宴上。

〔註36〕高宗將廢皇后王氏而立武昭儀，許敬宗特贊成其計，而來濟上表密諫，反對此事。分見《舊唐書》卷八二〈許敬宗傳〉與卷八〇〈來濟傳〉。

〔註37〕《舊唐書》卷八〇〈來濟傳〉：「（來濟）顯慶元年（656），兼太子賓客，進爵爲侯，中書令如故。二年（657），又兼太子詹事。尋而爲許敬宗等奏濟與褚遂良朋黨構扇，左授台州刺史。五年（660），徙庭州刺史。龍朔二年（662），突厥入寇，濟總兵拒之，謂其眾曰：『吾嘗挂刑網，蒙赦性命，當以身塞責，特報國恩。』遂不釋甲冑赴賊，沒於陣。時年五十三。」

這本就是他不變的態度，過去如此，未來更是如此〔註38〕，根本用不著許敬宗特別提醒，許敬宗如果真的是來濟的知音，這尾聯的勉勵語大可簡省，改為與君王作品同樣不盡相思的結語，方才符合頸聯傷情的書寫。因此許敬宗的這一番勉勵語，根本不是寫給來濟，反而是站在自己的利益上，特地寫給君王看，特意向君王表達自己（許敬宗）的忠誠的。這首詩與其說是送別（送給）來濟的作品（陽），不如說是寫給君王看的詩（陰），還比較恰當些。

探究這種陽禮陰謀的行為的成形，或應從中國人傳統的思考方式說起。傳統中國思考方式最主要的特色就是「拿捏分寸的思考方式」〔註39〕，「這種思考方式不重視對象客體的本質（essence）為何，而重視我們的『心』如何去拿捏、把握和觀玩外在的對象。亦即，這是把『心』的頻率調整（tuning）至合於外在對象事物頻率的過程。」「為了達成身心與環境的合拍，行動者必須採行如下的思維方式：一是『衡量全局』，二是『直觀體悟』，三是『因時因地因人制宜』，如此一來，才能夠在動態多變的情境（即律動狀態）中，把握自我與世界之間的適切關係。」〔註40〕在宮廷之中，餞別事由比宮外單純，可以這麼說，宮廷餞別活動中，被餞者都是當朝所重視的人。政治是現實的，只有為朝廷所重，為朝廷所倚仗，君王才會勞師動眾，特地為他舉行餞別宴，甚者君王親自賦詩為餞，並要求群臣應制相和。這一點，與宮外文士餞別詩的寫作是非常不一樣的。因為拿捏分寸的「衡量全局」，因此在應制餞別的場合中，由於君主佔有絕對的「勢」的優勢，詩人很容易就「因時因地因人制宜」，拋開個人實際的情感，「直觀體悟」，選擇君王喜歡聽的詞

〔註38〕同註37。
〔註39〕此據鄒川雄說法。見鄒川雄《拿捏分寸與陽奉陰違——一個傳統中國社會行事邏輯的初步探索》，頁22。有關拿捏分寸思考方式的一般說明，以及如何展現在中國思想史中，可參見蔡錦昌《從中國古代思考方式論較荀子思想之特色》（台北：唐山出版社）一書的討論。
〔註40〕鄒川雄語。同註39，頁22〜3。

語，結構詩句，表面上句句是對送別者言，實際上是句句寫給君王看的。

　　余英時先生以為，中國的知識份子「雖自任以『道』，但這個『道』卻是無形的，除了他們個人的人格外，『道』是沒有其他保證的。以孤獨而微不足道的個人面對著巨大而有組織的權勢，孟子所擔心的『枉道以從勢』（〈滕文公〉下）的情況是很容易發生的，而事實上也常常發生。」〔註41〕，「大一統政權建立之後，『勢』與『道』在客觀條件上更不能相提並論」〔註42〕。「枉道以從勢」，在宮廷宴飲應制賦作中表現最為明顯，應制詩所以常常被抨擊為無內容，無真實情感，僵化、格套，正是因為在宮廷中君王佔有絕對的優「勢」，知識份子拿捏分寸，衡量全局，化為君王喜聽之言，入於詩句，這種心態的一致性，造成所賦作出來的應制詩作也就難免有僵化、格套、無真實情感的弊病了。餞別詩，本來有很大的抒情空間的，然而在宮廷的範圍下，我們所看到的，卻是屈從在「勢」之下的「陽禮陰謀」的兩面表現，如前述所舉許敬宗詩就是一個很明顯的例証，其他詩作，雖或因為作者與被餞者間沒有像許敬宗與來濟間般的尖銳衝突，然而這種表面上以詩餞送，寫給被餞者，實際上卻是寫給君王看的寫作態度卻是不變的，因此從前一小節的論述中可以發現，君王詩作重情感表達，臣下應制也就少不了情感的書寫（如太宗朝諸作）；君王詩作強調政治教化的意義，臣下應制則不脫君國威容與政教的良善歌頌（如玄宗朝諸作），隨君王喜好而遷轉詩作內容，「奉和」、「應制」限制了宮廷詩人的寫作表現。

　　綜合上述，可以知道，唐代宮廷送別宴飲詩除了太宗朝的詩作特別突顯別情的書寫外，其餘的宮廷送別宴飲詩作多突顯送別詩的政治功能，不管是玄宗朝的以事為主，還是安史亂後的重人表現，情感的表達有明顯被冷落的情形。而在著重政治的表現之中，送赴邊塞的詩

〔註41〕余英時《士與中國文化》（上海：上海人民出版社，1987年），頁121。
〔註42〕同註41，頁128。

作又特別突顯邊塞意義，頗有邊塞詩的風味。

第二節　文士送別宴飲詩

　　相對於宮廷內送別宴飲詩的數量寡少與內容格套化，宮門外文士的送別宴飲詩則蓬勃熱鬧地寫作著。漫遊的社會風氣、科舉的求進與仕宦的遷轉，使唐代文士有很多的時間處在分別、送別的狀態，分別的頻繁，與分別多有宴以為餞送，造成唐代送別宴飲詩寫作的繁多。宮外自由活潑、百川匯海的豐盛文化背景，使文士送別宴飲詩以迥異於宮廷送別宴飲詩的寫作姿態，凌然傲視於百代之後。

一、「別離」主題的呈現

　　《楚辭‧九歌‧少司命》說：「悲莫悲兮生別離」，通過別離，很自然湧現的便是悲哀的情感。送別，總是牽扯出人生體驗中最微妙最複雜的各種情感意緒，自古以來，送別詩的書寫大抵不出「悲哀」的形容。唐人也不例外，盈溢充斥在送別詩中的，就是這種悲哀的情調。送別宴飲詩是送別詩的一部分，因此詩中表現很自然地也是以悲哀為主。然而唐人的悲哀感與前代是不太一致的，且唐代社會並不是一成不變的，不同的社會背景，不同的個人遭際，也會使詩人的送別宴飲詩作在悲哀的情感上，有不同的表現情形。以下試從送別宴飲詩的同與異，作一闡述。

（一）別離情感書寫的共相表現

　　送別詩的書寫脫離不了「悲哀」的形容，而悲哀的呈現，有人情心理的共相表徵、集體主義的現象，自成送別詩的寫作格套。以下試從送別宴飲詩的寫作中有關時間、空間的表現共相，作一探析。

1. 時間共相

　　對送別宴飲詩的別離主題呈現來說，時間是一個很重要的觀察點。大抵而言，由於宴飲活動的進行，因此這類送別詩作大抵以別宴當

下作爲情感的基點〔註43〕，或僅只於眼前當下（「別時」）的形容，或由
「別時」想到「別後」，只有少部分的作品向前推到「別前」的關係。

　　僅只於眼前「別時」的形容者，如王勃〈白下驛餞唐少府〉：

　　　　下驛窮交日，昌亭旅食年。相知何用早，懷抱即依然。浦
　　　　樓低晚照，鄉路隔風煙。去去如何道，長安在日邊。（《王子
　　　　安集註》卷三）

高宗上元二年（675）八月，王勃棄官東歸，往交阯省父，道經江寧
〔註44〕，白下驛在江寧附近，本詩當作於此時，因而有首聯「下驛窮
交日，昌亭旅食年」之語。王勃與唐少府應屬初識，所以頷聯寫彼此
情誼，歡喜新相知，惆悵將分別，相知雖不早，情感卻不淺，頗有天
涯同淪落之味；頸聯從眼前景勾起思鄉情懷，尾聯想起而今距離長安
越來越遠，旅食的傷感，不言而愈濃。本詩中，重在呈現自我感懷，
因別離造成的遭遇感慨，當下的情感，纔是詩人的著意處。又如王維
〈送元二使安西〉：〔註45〕

　　　　渭城朝雨裛輕塵，客舍青青柳色新。勸君更進一杯酒，西
　　　　出陽關無故人。（《王維集校注》卷四）

前寫別景，後寫別情，均是針對別宴進行當下的即景即情從事書寫，
黃生以爲「唐人絕句多如此，畢竟以此首爲第一。惟其氣度從容，風
味雋永，諸作無出其右故也。」〔註46〕同是描寫「別時」的，又如：

────────────

〔註43〕如翁成龍〈論唐代送別詩〉中說：「與別前、別後相比，寫別時情景
　　　　的詩數量最多，也最爲人傳誦。這自然與唐人注重送行而且送行必
　　　　賦詩的風習有關。」見《臺中商專學報》第二七期，頁63。又鄔湘
　　　　齡研究大曆時期送別詩，亦說：「大曆時期送別詩中的時空意識是以
　　　　『現時』爲基準，注重主觀感受的描繪，善於補捉內心深處一時一
　　　　地，刹那間細微深婉的心緒變化。」見氏著《大曆時期「別離」主
　　　　題詩歌研究》，頁302。

〔註44〕見《王子安集註》附錄三：劉汝霖〈王子安年譜〉，頁686。

〔註45〕本詩，《詩人玉屑》作〈贈別〉，《樂府詩集》、《全唐詩》作〈渭城曲〉。
　　　　郭茂倩曰：「〈渭城〉一曰〈陽關〉，王維之所作也。本送人使安西詩，
　　　　後遂被於歌。」

〔註46〕見《增訂唐詩摘鈔》卷四，此據陳鐵民《王維集校注》（北京：中華
　　　　書局，1997年）頁410引文。

日觀分齊壤，星橋接蜀門。桃花斯別路，竹葉瀉離樽。夏盡蘭猶茂，秋新柳尚繁。霧消山望迴，風高野聽喧。勞歌徒欲奏，贈別竟無言。惟有當秋月，空照野人園。(駱賓王〈送吳七遊蜀〉《駱臨海集箋注》卷三)

國爲休徵選，輿因仲舉題。山川襄野隔，朋酒灞亭暌。零雨征軒驚，秋風別驥嘶。驪歌一曲罷，愁望正淒淒。(盧藏用〈餞許州宋司馬赴任〉《全唐詩》卷九三)

故人嗟此別，相送出煙坰。柳色分官路，荷香入水亭。離歌未盡曲，酌酒共忘形。把酒河橋上，孤山日暮青。(周瑀〈送潘三入京〉《全唐詩》卷一一四)

風吹柳花滿店香，吳姬壓酒勸客嘗。金陵子弟來相送，欲行不行各盡觴。請君試問東流水，別意與之誰短長。(李白〈金陵酒肆留別〉《李白全集校注彙釋集評》卷十三)

晴景應重陽，高臺愴遠鄉。水澄千室倒，霧卷四山長。受節人逾老，驚寒菊半黃。席前愁此別，未別已沾裳。(李嘉祐〈九日送人〉《全唐詩》卷二○六)

樓中別曲催離酌，燈下紅裙間綠袍。縹緲楚風羅綺薄，錚鏦越調管弦高。寒流帶月澄如鏡，夕吹和霜利似刀。尊酒未空歡未盡，舞腰歌袖莫辭勞。(白居易〈江樓宴別〉《白居易集》卷十六)

離別奈情何，江樓凝艷歌。蕙蘭秋露重，蘆葦夜風多。深怨寄清瑟，遠愁生翠蛾。酒酣相顧起，明月棹寒波。(許渾〈江樓夜別〉《丁卯集箋証》卷二)

諸如此類專寫「別時」的詩作，在唐人送別宴飲詩中最爲多見。

別離主題的時間呈現，或遵循「別時」到「別後」的敘述模式，以現實的別宴作爲起點，將目光延展至別後的情景與心懷。有關預想未來「別後」的表現，多置於尾聯〔註47〕。如王昌齡〈送魏二〉：

〔註47〕此處參考郇湘齡《大曆時期「別離」主題詩歌研究》(政大中文碩士論文，民八七年十二月)說法4，頁301。

　　醉別江樓橘柚香，江風引雨入舟涼。憶君遙在瀟湘月，愁
　　聽清猿夢裏長。(《全唐詩》卷一四三)

此詩首二句純粹敘事，說明現時的別離；末二句道相思，乃預想別後
情景。是標準的「別時」到「別後」敘述模式。與此相類者，又如：

　　平生何以樂，斗酒夜相逢。……明日臨溝水，青山幾萬重。
　　(李嶠〈餞駱四二首〉《全唐詩》卷五八)

　　黃鶴煙雲去，青江琴酒同。……明日相思處，應對菊花叢。
　　(陳子昂〈春晦餞陶七於江南同用風字〉《全唐詩》卷八四)

　　載酒五松山，頹然白雲歌。……明日別離去，連峰鬱嵯峨。
　　(李白〈五松山送殷淑〉《李白全集校注彙釋集評》卷十六)

　　雪滿庭前月色閒，主人留客未能還。……預愁明日相思處，
　　匹馬千山與萬山。(李嘉祐〈夜宴南陵留別〉《全唐詩》卷二○七)

　　祖席洛陽邊，親交共黯然。……書寄相思處，杯銜欲別前。
　　淮陽知不薄，終願早迴船。(韓愈〈祖席前字〉《韓愈全集校注》
　　元和三年 (808)) 〔註48〕

　　尊前萬里愁，楚塞與皇州。……他日滄浪水，漁歌更白頭。
　　(許渾〈將赴京師津亭別蕭處士二首〉其一《丁卯集箋証》卷三)

這種「別時」到「別後」的敘述方式，幾乎可以說是以別離為主題歌
詩時間流動表現最常見的模式。

　　而在另一方面，別離亦會促成人們對時間感覺的壓縮與凝聚，或
以眼前現時作為中間點，回顧過去，預想未來，如張說〈餞唐州高使君〉：

　　常時好閒獨，朋舊少相過。及爾宣風去，方嗟別日多。淮
　　流春晼晚，江海路蹉跎。百歲屢分散，歡言復幾何。(《全唐
　　詩》卷八七)

詩從昔日寫起，而昔日的追悔，發自於今日的驚別。詩末總觀人生，
預想未來，表達對別離頻仍的慨嘆。雖是現時感受，然而卻已壓縮了
對整個人生的觀感。又如沈佺期〈餞高唐州詢〉：

　　弱冠相知早，中年不見多。生涯在王事，客鬢各蹉跎。良

〔註48〕下注：「送王涯徙袁州刺史作。」

守初分岳，嘉聲即潤河。還從漢關下，傾耳聽中和。(《全唐詩》卷九六)

首四句表達與多年老友因奔走王事而聚少離多的慨歎，哀傷歲月的流逝。後四句預想別後聞嘉音，是屬預作賀頌，雖不道相思情而相思意自出。別離的相思，在時間的托襯中，更顯得深情。又如李白〈餞校書叔雲〉：

少年費白日，歌笑矜朱顏。不知忽已老，喜見春風還。惜別且爲懽，徘徊桃李間。看花飲美酒，聽鳥臨晴山。向晚竹林寂，無人空閉關。(《李白全集校注彙釋集評》卷十五)

首四句寫盡今昔無限情態，中間四句寫別宴歡樂之景，末尾設想別後各自歸去，孤寂獨處之狀，任意寫去，落落有風致﹝註49﹞。在時間結構上亦是屬於這種「別前」→「別時」→「別後」的書寫方式。

2. 空間共相

送別宴飲詩由於受到宴飲活動進行以及別離者遠行的影響，在空間表現上多以「別宴所在地」爲基點，隨著行者的遠行預想，而將空間範圍延伸至「沿途經過」與「目的地」的書寫﹝註50﹞。

首先是「別宴所在地」的書寫，由於宴飲活動進行的關係，送別宴飲詩有很大的部分用來書寫「別時」的情景，而這類以「別時」爲表現的詩作中所呈現的空間自然不脫眼前「別宴所在地」的形容，如駱賓王〈在袞州餞宋五之問〉：

淮夷泗水地，梁甫汶陽東。別路青驄遠，離尊綠蟻空。柳寒凋密翠，棠晚落疏紅。別後相思曲，凄斷入琴風。(《駱臨海集箋注》卷二)

﹝註49﹞嚴評本載明人批：「任意寫去，然亦自乾淨，情境亦恰好。」《唐宋詩醇》卷七評：「落落有風致。」以上均轉引自《李白全集校注彙釋集評》冊五，頁2526。

﹝註50﹞此處分類參考自鄔湘齡分法，但有稍作變更。鄔氏將大曆時期別離主題詩歌的空間思維依時間的流動分爲「別時景」、「沿途景」、「目的地景」的選取組合，本處則改「別時景」爲「別宴所在地」，主要是因爲在唐人的形容中，並不僅限於「別時」而已。同註47，頁317。

首聯泗水汶陽東，皆指眼前所在地——兗州。頷聯想到此去路遙，悵別之情化爲盡情飲酒，雖有「別路」之說，其實所在空間仍是眼前別宴之中。頸聯寫眼前自然景物，尾聯寫別宴琴聲，曲調相思淒惻，仍是眼前別時景的呈現。是此詩所呈現的空間不出「別宴所在地」的範圍。與此相類，以「別宴所在地」爲空間範疇的，又如：

> 潘園枕郊郭，愛客坐相求。尊酒東城外，驂騑南陌頭。池平分洛水，林缺見嵩丘。暗竹侵山徑，垂楊拂妓樓。彩雲歌處斷，遲日舞前留。此地何年別，蘭芳自空幽。(宋之問〈春日鄭協律山亭陪宴餞鄭卿同用樓字〉《全唐詩》卷五三)

> 長亭駐馬未能前，井邑蒼茫含暮煙。醉別何須更惆悵，回頭不語但垂鞭。(王昌齡〈留別郭八〉《全唐詩》卷一四三)

> 炎天故絳路，千里麥花香。董澤雷聲發，汾橋水氣涼。府趨隨宓賤，野宴接王祥。送客今何幸，經宵醉玉堂。(盧綸〈送絳州郭參軍〉《盧綸詩集校注》卷一)

> 江春今日盡，程館祖筵開。……踰年常倚玉，連夜共銜杯。涸溜霑濡沫，餘光照死灰。行看鴻欲翼，敢憚酒相催。拍逐飛觥絕，香隨舞袖來。消梨拋五遍，娑葛盝三臺。已許尊前倒，臨風淚莫頹。(元稹〈三月三十日程氏館餞杜十四歸京〉《全唐詩》卷四二三)

> 四方騷動一州安，夜列樽罍伴客懽。觱栗調高山閣迥，蝦蟆更促海聲寒。屏間佩響藏歌妓，幕外刀光立從官。沉醉不愁歸棹還，晚風吹上子陵灘。(張蠙〈錢塘夜宴留別郡守〉《全唐詩》卷七○二)

諸如此類，凡是書寫時間著眼於「別時」的，大致上形容多不出「別宴所在地」的空間。然而這種「別宴所在地」的書寫，有時也會透過「別後」的想像，表達對離別的傷愁之情，如李白〈餞校書叔雲〉一詩中，所書寫的空間均不出別宴所在地，然而在時間的書寫上則從「別前」的回憶（「少年費白日，歌笑矜朱顏」）到「別時」的描繪（「惜別且爲歡，徘徊桃李間。看花飲美酒，聽鳥臨晴山」），最後更及「別

後」的想像（「向晚竹林寂，無人空閉關」），以「別宴所在地」的「寂」，
寫別後的孤獨。又如：

> 白髮金陵客，懷歸不暫留。交情分兩地，行色在孤舟。黃
> 葉蟬吟晚，滄江雁送秋。何年重會此，詩酒復追遊。（戴叔
> 倫〈送郎士元〉《戴叔倫詩集校註》卷四）〔註51〕

> 野酌亂無巡，送君兼送春。明年春色至，莫作未歸人。（崔
> 櫓〈三月晦日送客〉《全唐詩》卷五六七）

都是以「別宴所在地」爲基點，來進行「別時」與「別後」的書寫，
以呈現深刻的思念之情。

其次，或以「別宴所在地」、「別時」爲基點，預想「別後」「沿
途經過」、「目的地」情景，並以「別後」的情景，對應「別時」「別
宴所在地」，利用兩者空間所造成的距離，託寫不盡的離別相思之情。
這種「別後」的呈現，或重在「沿途經過」的空間形容，如岑參〈白
雪歌送武判官歸京〉：

> 北風卷地白草折，胡天八月即飛雪。忽如一夜春風來，千
> 樹萬樹梨花開。散入珠簾濕羅幕，狐裘不煖錦衾薄。將軍
> 角弓不得控，都護鐵衣冷難著。瀚海闌干百尺冰，愁雲慘
> 淡萬里凝。中軍置酒飲歸客，胡琴琵琶與羌笛。紛紛暮雪
> 下轅門，風掣紅旗凍不翻。輪臺東門送君去，去時雪滿天
> 山路。山迴路轉不見君，雪上空留馬行處。（《岑參詩集編年
> 箋註》頁335）

從「北風卷地」到「風掣紅旗」句，寫邊塞風物、別宴內容，均是對
「別宴所在地」的空間進行描繪；末四句寫遠行者離開的「沿途經
過」，以雪上空留馬行跡，見之令人悵惘，寫惜別之情的難禁，餘韻
不盡，尤有綿綿深情。又如韓翃〈魯中送魯使君歸鄭州〉：

> 城中金絡騎，出餞沈東陽。九日寒露白，六關秋草黃。齊
> 謳聽處妙，魯酒把來香。醉後著鞭去，梅山道路長。（《全唐

〔註51〕蔣寅以爲此詩乃爲人改竄詩題後混入《戴集》。見蔣寅註《戴叔倫詩
集校註》（上海：上海古籍出版社，1993年），頁280。

詩》卷二四四）

前六句寫「別宴所在地」的別宴情景，末二句寫「別後」的「沿途經過」，以「梅山道路長」的空間呈現，著不盡思念於路途上。

除注重「沿途經過」外，或將眼光投射在更遠的「目的地」上，如韋應物〈送令狐岫宰恩陽〉：

> 大雪天地閉，群山夜來晴。居家猶苦寒，子有千里行。行行安得辭，荷此蒲璧榮。賢豪爭追攀，飲餞出西京。樽酒豈不歡，暮春自有程。離人起視日，僕御促前征。逶遲歲已窮，常造巴子城。和風被草木，江水日夜晴。從來知善政，離別慰友生。（《韋應物集校注》卷四）

詩前半由「別宴所在地」寫起，後半預想令狐岫宰恩陽的情景，空間轉至「目的地」之上。又如齊己〈送崔判官赴歸倅〉：

> 白首從顏巷，青袍去佐官。只應微俸祿，聊補舊飢寒。地說丘墟甚，民聞旱歉殘。春風吹綺席，賓主醉相歡。（《全唐詩》卷八四三）

前四句寫崔判官任職的原委，五、六句寫「目的地」殘破之狀，末以眼前別宴作結，雖云「賓主醉相歡」，然而就中無奈之情，在「目的地」與「別宴所在地」的對照中，雖不明言而已自逼出。

這種以「別宴所在地」為基點，或兼及「沿途經過」與「目的地」的書寫方式，正是唐代文士送別宴飲詩空間表達的共相。

（二）別離情感書寫的時代變遷

人的情感是複雜的，不同的場合，有不同的情感表現，送別宴飲詩雖然說都是別離情感的表達，然而與遊樂、節慶宴飲詩相同的，都免不了受到時代大環境變遷的影響。

1. 中宗朝以前（618～710）

探析中宗朝以前別離情感的呈現，可以發現：對詩人而言，別離固然令人傷感，但這種傷感只是因為分別而造成，是緣於友情上的不捨而已，並沒有其他掛心害怕的因素（如安史亂後社會動亂不安的隱

憂），因此對於這種傷感的描述，多只是「憂」、「愁」、「歎」、「怨」、「恨」等惆悵詞語的形容，中宗以前詩人並不作興「淚」的描寫。如：

> 對此芳樽夜，離憂悵有餘。（陳子昂〈春夜別友人〉《全唐詩》卷八四）
>
> 曲中驚別緒，醉裏失愁容。（李嶠〈餞駱四二首〉之一《全唐詩》卷五八）
>
> 重嗟歡賞地，翻召別離憂。（李嶠〈餞駱四二首〉之二《全唐詩》卷五八）
>
> 高傳生光彩，長林歎別離。（沈佺期〈夏日梁王席送張岐州〉《全唐詩》卷九七）
>
> 此時悵望新豐道，握手相看共黯然。（徐堅〈餞唐永昌〉《全唐詩》卷一○七）
>
> 玉柱離鴻怨，金罍浮蟻空。（駱賓王〈秋日餞陸道士陳文林〉《駱臨海詩集箋注》卷二）
>
> 冬至冰霜俱怨別，春來花鳥若爲情。（崔日用〈餞唐永昌〉《全唐詩》卷四六）
>
> 芳尊徒自滿，別恨轉難勝。（駱賓王〈別李嶠得勝字〉《駱臨海詩集箋注》卷二）

正如王勃詩「琴聲銷別恨，風景駐離歡」〔註52〕句所言，對於中宗以前詩人來說，友朋分別時雖然難免有悵恨情生，但僅只於別離的惆悵、黯然而已，政治的大可作爲，社會的繁榮安定、欣欣向榮，使得詩人不愁其他，即使在離情依依的餞宴之中，仍能在歌舞琴聲與周遭美景中，感受到宴飲的「樂趣」，別離的悵憂雖濃，但終究傷痛不深，雖然「百歲屢分散」、「中年不見多」，只是因爲「生涯在王事」的羈絆而已，無「淚」可流。王勃的「無爲在歧路，兒女共沾巾」句〔註53〕，更是具體表達了當時人的這種不須流淚、傷而不悲的送別心態。

〔註52〕王勃〈羈遊餞別〉，《王子安集》卷三。
〔註53〕王勃〈送杜少府之任蜀州〉，《王子安集註》卷三。本詩是否爲宴飲詩無法確知，然而卻是這種「傷而不悲」情感呈現最有名的例證。

　　對中宗以前的文士來說，分別雖有傷感的形成，但這種傷感只是緣於友情上的不捨而已，並沒有其他掛心害怕的因素，相反的，現實的政治社會提供文士盡情發揮才華的機會，從這個角度來看分別，雖然不免傷悲，但更重要的是分別所帶來的希望的意義，這種情形，尤其是在送官上任等官場送別活動中所賦詩作最爲明顯。這類詩作，往往在離別的主題下，披上祝福的外衣，帶著賀頌的詞語，如沈佺期〈餞唐永昌〉：

> 洛陽舊有神明宰，輦轂由來天地中。餘邑政成何足貴，因
> 君取則四方同。（沈佺期〈餞唐永昌〉《全唐詩》卷九七）

洛陽爲唐朝東都，與長安並爲二個重要的大城市，從高宗朝以後，帝王常以洛陽爲行政中心〔註 54〕。唐永昌此時出宰洛陽，意義特別重大，因而沈佺期賦詩爲餞，對其未來施政將爲四方取則事進行賀頌，表達祝福之意。

　　賀頌的詞語在與邊塞相關連時，表現最爲明顯。以李嶠〈餞薛大夫護邊〉爲例：

> 荒隅時未通，副相下臨戎。授律星芒動，分兵月暈空。犀
> 皮擁青橐，象齒飾雕弓。決勝三河勇，長驅六郡雄。登山
> 窺代北，屈指計遼東。佇見燕然上，抽毫頌武功。（《全唐詩》
> 卷六一）

薛元超於高宗上元（674～675）初拜正諫大夫，上元三年（676）時，遷中書侍郎、同中書門下三品〔註55〕，同年十二月〔註56〕，詔遣河北道巡撫〔註57〕，本詩當爲此時餞別之作。詩中極寫兵容的威盛，最後以「登山窺代北，屈指計遼東。佇見燕然上，抽毫頌武功」句作結，純是賀頌之詞。唐代邊塞詩風多雄豪，此詩雖爲朝中餞別之作，然而因爲涉及邊

〔註54〕參見林紋如《唐代兩京的城市風格與居民生活圈》（中興歷史碩士論
　　　　文，民八八年）第三章第二節：「由就食東都來看長安與洛陽的經濟
　　　　地位」。
〔註55〕見《新唐書》卷九八〈薛收傳〉。
〔註56〕上元三年（676）十一月壬申，改上元三年爲儀鳳元年。
〔註57〕見《舊唐書》卷五〈高宗紀〉。

塞，頗具邊塞詩雄豪風格。這是當時的一種普遍的寫作傾向，如前節中有關宮中餞別之作，只要牽涉到邊塞，亦有這種情形的出現。

這種賀頌的詞句，在本時期送官上任的宴飲詩中頗為常見，如：

> 跂予望太守，流潤及京師。(徐彥伯〈餞唐州高使君赴任〉《全唐詩》卷七六)

> 莫賣盧龍塞，歸邀麟閣名。(陳子昂〈送著作佐郎崔融等從梁王東征〉《全唐詩》卷八四)

> 彼美稱才傑，親人佇政聲。(李乂〈餞唐州高使君赴任〉《全唐詩》卷九二)

祝賀本是一種人際應酬的常用形式，從祝賀語中可以窺見當時人心的共同傾向，在初唐時期欣欣向榮的時代背景中，官場餞別詩中的祝賀多屬令名的建立，反映出當時文人對這種建功立業的追求與企盼。帶有這種希望存在的別離，雖然不免因分離而傷感，但這種傷感是緣自於人情（友情）的自然傷痛，整體而言，這種傷感只是片面的，和安史亂後相較起來，這種傷感並不會太深刻，雖傷而不悲。

但是，別離雖說是送別宴飲詩的先天背景，是送別宴飲詩最主要的表現主題，然而在中宗以前的送別宴飲詩作中，卻也出現一些在別離主題之外另有所重的作品，如劉希夷〈餞李秀才赴舉〉：

> 鴻鵠振羽翮，翻飛入帝鄉。朝鳴集銀樹，暝宿下金塘。日月天門近，風煙夜路長。自憐窮浦雁，歲歲不隨陽。(《全唐詩》卷八二)

詩中以鴻鵠比李秀才，預想其即將飛黃騰達，哀憐自己宛若窮浦雁，天門雖近，夜路實長，可望而不可及，歲歲不隨陽。本詩跳脫一般餞別詩所著重的離情纖細書寫，以鳥類為喻，採對比的方式，恭維對方，哀惜自我，在眾多作品的一片離情依依聲中，歌出新意，雖不脫別離之意，但別具特色。又如陳子昂〈送魏兵曹使嶲州得登字〉：

> 陽山淫霧雨，之子慎攀登。羌笮多珍寶，人言有愛憎。欲酬明主惠，當盡使臣能。勿以王陽道，迢遞畏峻嶒。(《全唐詩》卷八四)

全詩無一語涉及離情相思意，只有殷殷告誡。詩中不用典故，不言離情，直言無隱的表現，和一般習見的餞別詩有很大的不同，這一點，恐怕和所餞送者為兵曹、較粗於文墨有關。詩屬臨別贈言，誡告魏兵曹謹慎行事，在眾多寫當下情景的詩作中，獨樹一格。

　　可以這麼說，中宗以前的送別宴飲詩中雖有傷愁的形容，但傷痛並不深刻，雖傷而不悲；且本時期的詩人已經開始嘗試在別離的主題外，加上作者個人的意志，不再僅是別情的形容而已，更寄寓了自身的看法，個人色彩逐漸流露。

2. 玄宗朝（712～755）

　　承繼中宗以前傷而不悲的別情書寫，在開天盛世的大環境中，玄宗朝送別宴飲詩中所呈現的基調更是明顯的不悲涼，甚至可以這麼說，玄宗朝詩人有不作興悲愁的傾向！以王昌齡〈別柴侍御〉一詩為例：

流水通波接武岡，送君不覺有離傷。青山一道同雲雨，明
月何曾是兩鄉。（《全唐詩》卷一四三）

詩中從青山明月同的角度解讀別離，直接挑明「送君不覺有離傷」，是雖有別離，卻不作興悲愁情緒。王昌齡另一首〈別皇甫五〉中亦言「離尊不用起愁顏」〔註58〕，明白反對別離傷愁。其他詩作或未必如王昌齡說的如此露骨，但是不悲涼的基調事實俱在，如：

他日曾遊魏，魏家餘趾存。可憐宮殿所，但見桑榆繁。此
去拜新職，為榮近故園。高陽八才子，況復在君門。（儲光
羲〈餞張七琚任宗城即環之季也同產八人俱以才名知〉《全唐詩》卷
一三九）

吾道味所適，驅車還向東。主人開舊館，留客醉新豐。樹
繞溫泉綠，塵遮晚日紅。拂衣從此去，高步躡華嵩。（孟浩
然〈京還留別新豐諸友〉《孟浩然詩集箋注》卷三）〔註59〕

聖代無隱者，英靈盡來歸。遂令東山客，不得顧採薇。既

〔註58〕王昌齡〈別皇甫五〉：「潊浦潭陽隔楚山，離尊不用起愁顏。明祠靈
　　　　響期昭應，天澤俱從此路還。」見《全唐詩》卷一四三。
〔註59〕本詩詩題《文苑英華》、《全唐詩》均作〈東京留別諸公〉。

至君門遠，孰云吾道非。江淮度寒食，京洛縫春衣。置酒臨長道，同心與我違。行當浮桂棹，未幾拂荊扉。遠樹帶行客，孤城當落暉。吾謀適不用，勿謂知音稀。(王維〈送綦毋潛落第還鄉〉《王維集校注》卷一)

何地堪相餞，南樓出萬家。可憐高處送，遠見故人車。野果新成子，庭槐欲作花。愛君兄弟好，書向潁中誇。(岑參〈夏初醴泉南樓送太康顏少府〉《岑參詩集編年箋注》頁 277)〔註60〕

「莫愴分飛歧路別」〔註61〕，對於豪放縱氣的開天詩人來說，雖然面對離別，但卻不作興傷悲，甚者如李白〈餞校書叔雲〉詩中「惜別且為懽，徘徊桃李間。看花飲美酒，聽鳥臨晴山」，面對別離不但不悲傷，反而徘徊桃李，看花聽鳥，充滿歡愉情致。這一點，和中宗以前詩人是很不一樣的。

此外，中宗以前送別宴飲詩中慣常出現的「憂」、「愁」、「歎」、「怨」、「恨」等形容惆悵心情的詞語，在玄宗朝送別宴飲詩中並非不曾使用，然而卻不必一定要用來作為離情別緒的形容〔註62〕，如李白〈宣州謝朓樓餞別校書叔雲〉詩中「亂我心者今日之日多煩憂」「抽刀斷水水更流，舉杯銷愁愁更愁」句〔註63〕，雖有「憂」、「愁」之形容，然而探究之所以「憂」、「愁」的原因，源自於詩人自身對時間、對遭際的憂與愁，而不是因為即將與李華分別而「憂」，而「愁」。又如劉長卿〈夜宴洛陽程九主簿宅送楊三山人往天台尋智者禪師隱居〉詩中「山鳥怨庭樹，門人思步蓮。夷猶懷永路，悵望臨清川」句〔註64〕，雖使用到

〔註60〕本詩繫年於天寶十三載（754）。

〔註61〕蘇頲〈贈彭州權別駕〉《全唐詩》卷七三。

〔註62〕要特別說明的是，盛唐人並非真的沒有離別的傷感，在盛唐人的送別詩作中亦可見到不少如「憂」、「愁」、「歎」、「怨」、「恨」等惆悵悲傷的形容詞語，然而這些送別詩或確知非宴飲場合之作，或無法考知是否創作於宴飲場合中，因而無法作為分析對象。

〔註63〕李白〈宣州謝朓樓餞別校書叔雲〉，《李白全集校注彙釋集評》卷十六。《文苑英華》題作〈陪侍御叔華登樓歌〉。

〔註64〕《劉長卿詩編年箋注》頁 20。

「怨」、「悵」等字眼，但是所怨所悵實因智公（智顗）而起，並非眼前與楊三山人的離別。

探究玄宗朝詩人之所以不在乎別離，不作興離別愁緒的原因，首先，應和整個社會的安定、繁盛有直接且密切的關係。杜甫〈憶昔〉詩中曾描繪當時盛況：

> 憶昔開元全盛日，小邑猶藏萬家室。稻米流脂粟米白，公私倉廩俱豐實。九州道路無豺虎，遠行不勞吉日出。齊紈魯縞車班班，男耕女桑不相失。宮中聖人奏雲門，天下朋友皆膠漆。百餘年間未災變，叔孫禮樂蕭何律。（《杜詩趙次公先後解輯校》戊帙卷之一）

經濟的富庶，社會的太平，政治的清明，因而對玄宗朝文士而言，出門旅行是一件既安全又快樂的事，根本沒有什麼好耽心、好憂愁的。其次，由於國力的強大，民族自信心的增強，使人人有「感時思報國」的參政欲望，從魏晉以來文士一直追求的自由，在玄宗朝時體現為「功業意氣」，追求事功蔚為一時風尚，困守家園是絕對無法達成追求事功理想的，一定得外出，「丈夫多別離，各有四方事」〔註65〕，表現在文士的生活上，是漫遊、從政、應舉三種特徵〔註66〕，而這三種生活特徵不可避免的都會造成分別。因而對玄宗朝文士來說，別離在一定的程度上是為了實現自我的理想。為追求事功、實現自我理想而別離，雖不免小有人情依戀的感傷，然而在漲滿理想的實現希望下，何傷之有？漫遊風氣的達到極盛，所有文士無不有出行漫遊的經歷，如李白的遊歷行腳幾遍全中國，外出成為慣常，於是在李白眼中，別離變得沒有什麼了不起，根本不值得悲愁，因此李白才會有「仰天大笑出門去，我輩豈是蓬蒿人」〔註67〕狂放意氣的雄豪壯語。玄宗朝文士雖然未必人人都如李白般放

〔註65〕陶翰〈送朱大出關〉，《全唐詩》卷一四六。
〔註66〕此據陳伯海說法，見氏著〈唐代文人的生活道路與詩歌創作〉，收入《學術月刊》1987年5月，頁54～60。
〔註67〕李白〈南陵別兒童入京〉《李白全集校注彙釋集評》卷十三。

逸不羈，然而玄宗朝得天獨厚的安定富裕環境，與寬鬆自由的政治
氛圍，使得文士能充分發展個性，煥發出「帶些獸性」〔註68〕，「濃
於生命彩色」的時代精神〔註69〕，在這種時代精神下，頻繁的送往
迎來中，別離是自然又正常的事，何須愴悲？何須起愁顏？縱使英
雄失路，在詩人筆下也多以壯偉高昂的情調出現，霍然以爲，「開
元天寶當年那個興盛繁華、高亢向上的時代美學氛圍，決定了悲苦
之音不可能爲盛唐社會審美主體所欣賞。」〔註70〕在這種時代精神
作用下，是以本時期送別宴飲詩自然不作興傷愁情懷了。

　　雖然玄宗朝詩人不作興離愁，但人終究是情感的動物，隨著際遇
的改變，關係的不同，總是難免偶爾多少會有一些傷愁的情緒產生，
如王維〈靈雲池送從弟〉：

　　　　金杯緩酌清歌轉，畫舸輕移豔舞迴。自歎鶺鴒臨水別，不
　　　　同鴻雁向池來。(《王維集校注》卷二)

首二句寫池上送別之景，後二句自歎兄弟分離，不同於池上飛來的成
群鴻雁，難掩別離傷情。這種離愁，是因爲兄弟分別而產生的。同樣
寫離愁的又如：

　　　　豫愁軒騎動，賓客散池臺。(孟浩然〈同盧明府餞張郎中除義王
　　　　府司馬海園作〉《孟浩然詩集箋注》卷三)

　　　　惜此林下興，愴爲山陽別。(李白〈題瓜州新河餞族叔舍人賁〉
　　　　《李白全集校注彙釋集評》卷二三)

　　　　樹涼征馬去，路暝歸人愁。(儲光羲〈仲夏餞魏四河北覲叔〉《全
　　　　唐詩》卷一三九)

上述諸詩所寫，都是因爲想到眼前情感融洽的宴飲活動即將結束，結
束後彼此各奔東西，因而愁由心生。這種愁，是人情的自然，和感春
傷秋一般，其實並沒有多深的傷痛在，愁只在表面。雖言「愁」，其

〔註68〕魯迅語。見魯迅《而已集》〈略論中國人的臉〉。

〔註69〕參見林繼中〈唐宋：文人與文化〉，《天府新論》1992 年第五期，
　　　　頁70。

〔註70〕見霍然《唐代美學思潮》(長春：長春出版社，1990 年)，頁211。

實還是非眞「愁」的。

而在另一方面，從中宗以前便已經開始的在別離主題外寓合作者個人感受的抒情方式，在玄宗朝文士的自由放逸不羈性格下，更進一步得到表現，如李白〈宣州謝朓樓餞別校書叔雲〉：

> 棄我去者昨日之日不可留，亂我心者今日之日多煩憂。長風萬里送秋雁，對此可以酣高樓。蓬萊文章建安骨，中間小謝又清發。俱懷逸興壯思飛，欲上青天覽明月。抽刀斷水水更流，舉杯銷愁愁更愁。人生在世不稱意，明朝散髮弄扁舟。(《李白全集校注彙釋集評》卷十六）〔註71〕

本詩送別的意味甚爲淡薄，除中間「長風萬里送秋雁」句或稍微有「送」的意思外，其餘的都是李白抒發因別離而興起的感受的詞句〔註72〕。李白另一首〈鳴皋歌送岑徵君〉〔註73〕雖然不像〈宣州謝朓樓餞別校書叔雲〉詩般全是抒懷，對送別有較多且深的書寫，然而詩末「哭何苦而救楚，笑何誇而卻秦。吾誠不能學二子沽名矯節以耀世兮，固將棄天地而遺身。白鷗兮飛來，長與君兮相親」，申明一己解脫羈束，高蹈世外之志。在這兩首送別的詩作中，別離的書寫已不再是唯一的內容，個人心境的陳述更是作者所著意的，孟修祥以爲：「詩人大膽衝破以往送別詩的局限，借題發揮，『出新意于法度之外』，借送別之時，把惜別之情與評判現實、反映社會生活結合起來，與人生的各式體驗與感受結合起來，不僅拓展了送別詩的思想領域，情感力度，更

〔註71〕繫年於天寶十二載（753）。

〔註72〕《李詩直解》卷四云：「此餞別校書叔雲，論其文彩，而動乘桴之感也。言光陰迅速，愁思難遣，昨日既不可留，今日又多煩憂。長風送雁，對此酣暢，從來惟文章爲不朽耳。今蓬萊文章，建安之骨，中間小謝，亦清發而超群也。俱懷飄逸之興，雄壯之思，欲上青天以覽明月，而文章之高遠光明不可及矣。我今抽刀斷水，水痕潛沒而水更流；舉杯銷愁，愁思旋生而愁復愁。人生貴得意耳，何我之在世，而流落不稱意也！叔今往矣，我亦明日散髮弄扁舟於江湖之間，一任東西之飄泊耳。」此據詹瑛主編《李白全集校注彙釋集評》卷十六，頁2571所引。

〔註73〕《李白全集校注彙釋集評》卷七。

使這類作品形成一種新的表達方式。」〔註74〕

　　玄宗朝詩人對送別宴飲詩的革新並不僅是如此而已，如李白這兩首詩，一以古體雜言書寫，一以《楚辭》體書寫，在寫作體製上與中宗以前頗爲不同。現今可見中宗以前送別宴飲詩作，或五言，或七言，雖句數有別，但都是齊言詩，在體製上頗有劃一的情形，呈現社會化的現象〔註75〕；但是這種社會化對自由放逸的玄宗朝詩人而言，控制力很明顯來得薄弱些：玄宗朝送別宴飲詩中雖不乏社會化的齊言詩作，然而與唐代其他時期相較起來，在寫作體製上最是多樣，或爲古風，如李白〈宣州謝朓樓餞別校書叔雲〉、王維〈送李睢陽〉〔註76〕；或仿《楚辭》，如李白〈鳴皋歌送岑徵君〉、蘇源明〈秋夜小洞庭離讌詩〉〔註77〕；或仿《詩經》，如蕭穎士〈江有歸舟三章〉〔註78〕；或

〔註74〕 孟修祥〈論李白的送別詩〉，收入《中國詩學》第三輯，頁147～153。
〔註75〕 宴飲活動是社會生活的一部分，社會學者以爲，任何一個社會都有一套約定成俗的行爲規則，其所有成員均得多少遵守之，方可避免社會衝突，維持社會秩序，實現社會統一，達成社會導進。規範社會成員遵守此一套行爲規則的，就是一種社會控制（social control），而最有效的積極的社會控制便是社會化（socialization）。從宴飲活動的場合來看，個人參與此種有組織的社會生活，在活動進行中，言行舉止就不免受到社會化的控制，多少都得遵循社會中約定成俗的行爲規則來進行。唐代宴飲詩的社會化表徵，就寫作體製方面，多以五言或七言爲之，句數方面以八句、四句較多。大抵而言，初唐送別宴飲詩多以這種格套來進行書寫。有關唐代宴飲詩的社會化現象，詳見鄙人〈唐代宴飲詩的社會化現象〉一文，收入《德明學報》第十六期，頁225～245。
〔註76〕 王維〈送李睢陽〉：「將置酒，思悲翁。使君去，出城東。麥漸漸，雉子斑。槐陰陰，到潼關。騎連連，車遲遲，心中悲。宋又遠，周間之；南淮夷，東齊兒。碎碎纖練與素絲，游人貫客信難持。五穀前熟方可爲，下車閉閤君當思。天子當殿儼衣裳，太官尚食陳羽觴，彤庭散綬垂鳴璫。黃紙詔書出東廂，輕紈疊綺爛生光。宗室子弟君最賢，分憂當爲百辟先。布衣一言相爲死，何況聖主恩如天。鸞聲噦噦魯侯旂，明年上計朝京師。須憶今日斗酒別，愼勿富貴忘我爲。」《王維集校注》卷四。
〔註77〕 蘇源明〈秋夜小洞庭離讌詩〉：「浮漲湖兮莽迢遙，川后禮兮扈予橈。橫增沃兮蓬仙延，川后福兮易予舵。月澄凝兮明空波，星磊落兮耿秋河。夜旣良兮酒且多，樂方作兮奈何別。」（《全唐詩》卷二五五）

為樂府歌行，如岑參〈白雪歌送武判官歸京〉等等。隨詩人意之所至，發而為詩，內容也不限於離情的書寫，可以這麼說，玄宗朝送別宴飲詩呈現出較強的個體意識，而這一點，和當時整個社會風氣的自由開放有很大的關係。

3. 安史亂後（756～907）

相較於亂前開天盛世的「九州道路無豺虎，遠行不勞吉日出」的旅行平安環境，安史亂後的出行則充滿了危險不安，如賈島〈送李戎扶侍往壽安〉詩中所言：

> 二千餘里路，一半是波濤。未曉著衣起，出城逢日高。關
> 山多寇盜，扶侍帶弓刀。臨別不揮淚，誰知心鬱陶。（《長江
> 集新校》卷七）

時局的不安定，使得外出者不敢再像過往般於夜間出行；盜寇的橫行，使外出者必須自備弓刀以自保。臨別的不揮淚，表面上看來和玄宗朝的不作興悲愁相類似，都是不喜歡流淚，實際上卻是完全兩樣的：玄宗朝的不喜揮淚，是飽含希望、快樂的表現；而賈島此處所言的「不揮淚」，卻是「心鬱陶」到極致的不敢揮淚，哀傷至極的表現。兩者恰好相反。

社會的動亂不安，反映在送別宴飲活動中最為明顯，也最為深刻，試以城池為喻：如遊樂、節慶等宴飲活動的舉行，均是在城池之內，外有厚厚的城牆保護著，處在城池內從事宴飲活動的人們，雖然可以聽到不斷從城牆外面傳來的兵器相斫聲、民眾哀嚎聲，雖然知道（甚至也看得到）城池之外因天災人禍而屍陳遍野，然而城池阻隔了這一切的直接影響，只要關起城門，在城牆內的人們是安全的。因為聽得到、看得見，所以在遊樂、節慶等宴飲詩中不免有悲傷之詞；但也正因為聽得到、看得見，但卻無力改變，只有選擇逃避、忘卻，於

〔註78〕蕭穎士〈江有歸舟三章〉：「江有歸舟，亦亂其流。之子言旋，嘉名孔修。揚于王庭，允燁其休。」「舟既歸止，人亦榮止。兄矣弟矣，孝斯踐矣。稱觴燕喜，于岵于屺。」「彼遊惟帆，匪風不揚。有彬伊父，匪學不彰。予其懷而，勉爾無忘。」（《全唐詩》卷一五四）

是悶著頭，躲在安全的城牆內，充耳不聞外面的一切，縱情於飲宴活動之中。但是送別宴飲活動則不然，雖然眼前宴集的舉行是在城牆之內，安全無虞的，然而別宴結束之後，被送者將打開城門，走入動亂不已、貧苦、危險的廣大世界，從此茫茫人海，音訊兩隔，前途充滿了各種不可知的變數。對他們來說，城外的相斫聲、哀嚎聲就不再只是「聽到」而已，屍陳遍野也不再只是「看到」而已，是遠行者眞眞實實即將面對的，不可逃避的。別離本來就是令人悲傷的事，再加上這種不可逃避的悲慘世界的實際遭遇，使原本就極其敏感的詩人們再也沒有心情高唱昔日那種狂放豪邁之詞，悲苦之音隨著戰亂的現實生活，以其強大的力量衝擊著詩歌創作，成爲社會審美主體不得不接受的主調，於是表現在安史亂後的送別宴飲詩中，悲傷的情感更深、更難遏抑了。試以杜甫〈閬州東樓筵奉送十一舅往青城縣得昏字〉爲例：

> 曾城有高樓，制古丹膺存。迢迢百餘尺，豁達開四門。雖有車馬客，而無人世喧。遊目俯大江，列筵慰別魂。是時秋冬交，節往顏色昏。天寒鳥獸伏，霜露在草根。我今送舅氏，萬感集清尊。豈伊山川間，迴首盜賊繁。高賢意不暇，王命久崩奔。臨風欲慟哭，聲出已復吞。(《杜詩趙次公先後解輯校》丙帙卷之九)

廣德元年（763）九月，杜甫在閬州東樓餞送十一舅往青城縣，賦爲此詩。首八句記東樓別筵，「而無人世喧」，此筵宴場所是何等的「安全」！中間六句寫離別情景，因季節興感，想秋冬萬物皆欲休伏，而己身與舅氏卻顛沛流離，浪跡他鄉，不禁萬感交集。最後六句想到外面世界的危殆不安，傷心欲哭卻又忍住，內心的傷痛，在一往一復間，正見其難過的深刻。與此詩同時另有一首〈王閬州筵奉酬十一舅惜別之作〉，詩中「良會不復久，此生何太勞。窮愁但有骨，群盜尚如毛」「沙頭暮黃鵠，失侶自哀號」句 [註79]，亦是寫這種亂世的傷痛。與此相類，寫亂世送別哀痛的，又如：

〔註79〕《杜詩趙次公先後解輯校》丙帙卷之九。

綵服趨庭訓，分交載酒過。芸香名早著，蓬轉事仍多。苦戰知機息，窮愁奈別何。雲霄莫相待，年鬢已蹉跎。（高適〈宴郭校書因之有別〉《全唐詩》卷二一四）

商丘試一望，隱隱帶秋天。地與辰星在，城將大路邊。干戈悲昔事，墟落對窮年。即此傷離緒，淒淒賦酒筵。（高適〈宋中別司功叔各賦一物得商丘〉《全唐詩》卷二一四）

戎狄寇周日，衣冠適洛年。客亭新驛騎，歸路舊人煙。吾道將東矣，秋風更颯然。雲愁百戰地，樹隔兩鄉天。旅思蓬飄泊，驚魂雁怯弦。今朝一尊酒，莫惜醉離筵。（錢起〈寇中送張司馬歸洛〉《全唐詩》卷二三八）

相邀寒影晚，惜別故山空。鄰里疏林在，池塘野水通。十年難遇後，一醉幾人同。復此悲行子，蕭蕭逐轉蓬。（戴叔倫〈潘處士宅會別〉《全唐詩》卷二七三）

兵寇傷殘國力衰，就中南土藉良醫。鳳銜泥詔辭丹闕，雕倚霜風上畫旗。官職不須輕遠地，生靈只是計臨時。灞橋酒醆黔巫月，從此江心兩所思。（羅隱〈送溪州使君〉《全唐詩》卷六六二）

現時局勢的感歎圍繞著別離的愁緒，正如杜甫所謂的「羈旅惜宴會，艱難懷友朋。勞生共幾何，離恨兼相仍」〔註80〕不僅傷別，更兼悲己。

　　相較於玄宗朝送別宴飲詩在追求事功心態下所呈現出來的壯偉高昂基調，在長期亂離的背景下，安史亂後送別宴飲詩的語調不免消沉悲涼，如：

平生有壯志，不覺淚霑衣。況自守空宇，日夕但徬徨。（韋應物〈宴別幼遐與君貺兄弟〉《韋應物集校注》卷四）

夜深宜共醉，時難忍相違。何事隨陽雁，汀洲忽背飛。（劉長卿〈宿嚴維宅送包佶〉《全唐詩》卷一四九）〔註81〕

〔註80〕杜甫〈陪章留後惠義寺餞嘉州崔都督赴州〉，《杜詩趙次公先後解輯校》丙帙卷之八。此詩繫年於廣德元年（763）。
〔註81〕一作皇甫冉詩。

寂寞清明日，蕭條司馬家。……南邊更何處，此地已天涯。

（白居易〈清明日送韋侍御貶虔州〉《白居易集》卷十七）

三江分注界平沙，何處雲山是我家。……不愁故國歸無日，

卻恨浮名苦有涯。（薛逢〈九日嘉州發軍評即事〉《全唐詩》卷五

四八）

東風吹淚對花落，憔悴故交相見稀。（趙嘏〈寒食新豐別友人〉

《全唐詩》卷五四九）

白首從顏巷，青袍去佐官。只應微俸祿，聊補舊飢寒。地

說丘墟甚，民聞早歉殘。（齊己〈送崔判官赴歸倅〉《全唐詩》卷

八四三）

雖然說悲傷是送別詩寫作不可避免的情調，然而安史亂後這種消沉悲

涼和亂前的傷愁並不相同，如前所述，安史亂前送別宴飲詩中的傷愁

僅只於因「分別」而產生的人情自然傷愁，而這種傷愁的背後卻有熱

烈向上的追求功業企圖為之支撐，雖傷而不悲，愁僅只於表面的；安

史亂後則不然，現實的多災困頓，使詩中掩抑不住悲涼，這種悲涼是

發自內心深處的，是無可抹煞忽略的，是長久以來一直存在、受別離

的激發而氾濫出來的，而不是因為分別而臨時興起的。

　　雖然，時難年荒造成送別宴飲詩中悲涼難抑的基調，然而並不是

所有的送別宴飲詩都是沉陷在悲涼的氛圍中的，在一些深具應酬性質

的場合（多為官場餞別活動）中所賦成的詩作，則多具雄偉朝氣，以

韓翃〈奉送王相公縉赴幽州巡邊〉一詩為例：

　　黃閣開帷幄，丹墀侍冕旒。位高湯左相，權總漢諸侯。不

　　改周南化，仍分趙北憂。雙旌過易水，千騎入幽州。塞草

　　連天暮，邊風動地秋。無因隨遠道，結束佩吳鈎。（《全唐詩》

　　卷二四五）〔註82〕

大曆三年（768）六月，幽州節度使李懷仙為麾下兵馬使朱希彩所殺，

於是朝廷任宰臣王縉兼幽州節度使，赴范陽鎮邊〔註83〕，臨別朝士會

〔註82〕一本作〈奉送王相公赴范陽〉。一作張繼詩。

〔註83〕事見《舊唐書》卷十一〈代宗紀〉所錄。

餞，當時賦作，以韓翃此詩爲擅場〔註84〕。詩中盛讚王縉位高權重，
預想巡邊成功，作爲賀頌詞句，結尾對己身無法追隨表示遺憾。同時
賦作又有錢起詩作存世：

> 翃聖銜恩重，頻年按節行。安危皆報國，文武不緣名。受
> 賑仍調鼎，爲霖更洗兵。幕開丞相閣，旗總貳師營。料敵
> 知無戰，安邊示有征。代雲橫馬首，燕雁拂笳聲。去鎮關
> 河靜，歸看日月明。欲知瞻戀切，遲暮一書生。(錢起〈送王
> 相公赴范陽〉《全唐詩》卷二三八)

若將韓翃與錢起二詩並列觀察，可以發現此二詩雖然字詞組織方式不
同，然而所表現出的結構卻是十分的類似，都是盛讚王縉、預祝巡邊
成功、歌頌朝廷威名，最末表達自身追慕的心境。通篇所寫，氣勢雄
偉，語多賀頌。又如：

> 詔出鳳凰宮，新恩連帥雄。江湖經戰陣，草木待仁風。豪
> 右貪威愛，紆繁德簡通。多慚君子顧，攀餞路塵中。(暢當
> 〈奉送杜中丞赴洪州〉《全唐詩》卷二八七)

> 授鉞儒生貴，傾朝赴餞筵。麾幢官在省，禮樂將臨邊。代
> 馬龍相雜，汾河海暗連。遠戎移帳幕，高鳥避旌旃。天下
> 屯兵處，皇威破虜年。防秋懍壘近，入塞必身先。中外恩
> 重疊，科名歲接連。散材無所用，老向瑣闈眠。(姚合〈送狄
> 尚書鎮太原〉《姚合詩集校考》卷一)

雖是出自不同宴餞活動的詩作，然而不管是暢當，還是姚合詩作結構
與前述韓翃、錢起詩作均十分類似，其實，這是一種社會化的寫作格
套，在這一類型的餞送活動中所寫作出來的詩篇大抵都是如此。而當
我們結合當時實際情況來進一步觀察時卻可以發現，詩中所歌詠的德
政朝威，說好聽點是詩人的期望，說難聽點根本與現世嚴重脫節，安
史亂後藩鎮的桀驁不馴與四鄰的叛服無常、需索無度現實，與詩中所
稱頌的恰好相反，這一點，與當時宮廷宴飲詩的表現頗爲類似，官場
應酬，其實也就是宮廷的小縮影，與宮廷的表徵頗有類同之處。

〔註84〕《唐國史補》卷上：「送王相公之鎮幽朔，韓翃擅場。」

　　探究這類詩作所以與現世脫節的原因，或以爲和中國人傳統拿捏分寸與陽禮陰謀的人際心理有密切關係。因爲拿捏分寸，所以賦詩時詩人會考量自身的利益與目的，分析自己在宴飲場合中的地位，以最有利於自我的方式表達出來，這是一種「文化再製」，也就是所謂的「拿捏分寸」〔註85〕。在拿捏分寸下，往往以「陽禮陰謀」的行爲呈現。唐代文士不變的功業追求理想，在安史亂後動盪不安的社會中，想要靠自身才華致身顯達比起亂前更是不容易，若想要謀求進身之道，只有依附於權貴之門，順其意，方能達成自我的心願，「陽」爲禮，「陰」爲謀。如上述例子中被餞者如王縉身爲宰臣，狄尚書貴爲節度使，都是有力權貴，足以作左右文士前途的。爲前途計，因此當有這類官場餞別活動時，詩人莫不使盡渾身解數，討好權貴（陽禮），以求取令名，以得仕途順遂（陰謀）。誰不喜歡聽好聽的話？於是與現時脫節的歌詠德政威容詞句，就在應酬格套中一再爲文士所書寫了。而這類詩作內容，雖然不脫別離主題書寫，然而多爲雄豪壯語，少見悲涼的形容。

　　綜合言之，安史亂前的送別宴飲詩多不作興悲愁的形容，縱使有悲愁的書寫，這種悲愁也多半只是人情上面對別離的不捨，至多和個人際遇結合，感受並不深入，甚者如玄宗朝更以豪情壯語替代悲愁；安史亂後，現實存在著不得不悲的因素，亂離加深了詩中的哀痛傷感，別離的愁緒始轉爲悽惻。

二、宴飲即席的活動關注

　　唐代文士送別宴飲詩的內容大都以別離主題爲主，對宴飲即席的活動關注，比起遊樂、節慶宴飲詩來，明顯少了許多。雖說如此，但身處宴飲活動之中，詩歌創作對眼前即席的活動內容終不免要有些許

────────────

〔註85〕有關「文化再製」理論，在前面第四章中有關玄宗朝文士官場遊樂宴飲詩部分已有所論述解說，因此本處不再重覆贅言。有關「拿捏分寸」理論，詳見鄒川雄《拿捏分寸與陽奉陰違──一個傳統中國社會行事邏輯的初步探索》一書，此在前面已有所引述，故不再說明。

的著墨，大抵而言，有關送別宴飲即席的活動關注，主要表現在「飲酒」與「歌樂」二者上面。

（一）飲　酒

中國古代文士普遍喜歡「酒」，歡樂的時候以酒助興，悲傷的時候藉酒抒懷、澆愁，「酒」是情感的催化劑，送別場合尤其少不了酒的存在，對於以豪放著稱的唐代文士來說，「酒」的地位更形重要，因而在唐代送別宴飲詩中屢屢出現酒的蹤跡。如：

> 尊酒東城外，驂騑南陌頭。（宋之問〈春日鄭協律山亭陪宴錢鄭卿同用樓字〉《全唐詩》卷五三）
>
> 主人送客何所作，行酒賦詩殊未央。（杜甫〈章梓州橘亭餞成都竇少尹〉《杜詩趙次公先後解輯校》丙帙卷之八）
>
> 中軍置酒飲歸客。（岑參〈白雪歌送武判官歸京〉《岑參詩集編年箋註》頁335）
>
> 一尊花下酒，殘日水西樹。（許渾〈江上燕別〉《丁卯集箋証》卷五）

自古以來，送別總與人生體驗中最複雜的各種情懷意緒相糾結，酒是情感的催化劑，因而在送別宴飲詩中，酒往往與離別的種種複雜情緒相吞吐，如：

> 當歌悽別曲，對酒泣離憂。（駱賓王〈送郭少府探得憂字〉《駱臨海詩集箋注》卷三）
>
> 今我送舅氏，萬感集清尊。（杜甫〈閬州東樓筵奉送十一舅往青城縣得昏字〉《杜詩趙次公先後解輯校》丙帙卷之九）
>
> 舉酒欲為樂，憂懷方沉沉。（韋應物〈送洛陽韓丞東遊〉《韋應物集校注》卷四）
>
> 十年難遇後，一醉幾人同。（戴叔倫〈潘處士宅會別〉《戴叔倫詩集校注》卷一）
>
> 相逢一尊酒，共結兩鄉愁。（張登〈冬至夜郡齋宴別前華陰盧主簿〉《全唐詩》卷三一三）
>
> 長年離別情，百盞酒須傾。（姚合〈送田使君赴蔡州〉《姚合詩集

校考》卷一)

酌此一杯酒，與君狂且歌。離別豈足更關意，衰老相隨可
奈何。(杜牧〈池州送孟遲先輩〉《樊川詩集》卷一)

各種意緒因別離而生，因酒而寄。雖然如此，但是對於不在乎別離的
唐人來說，送別飲酒或是一種歡愉的呈現，如：

酒助歡娛洽，風催景氣新。(杜審言〈泛舟送鄭卿入京〉《全唐詩》
卷六二)

惜別且爲懽，徘徊桃李間。看花飲美酒，聽鳥臨晴山。(李
白〈餞校書叔雲〉)

丈夫豈恨別，一酌且歡忻。(韋應物〈送劉評事〉《韋應物集校注》
卷四)

雖是送別飲酒，然而在上述詩作中的酒，尤其是前二例中的酒，不但
沒有一絲的離別愁緒，反而是一種逍遙意興的表現，不像是送別，反
倒類似於遊樂時的情致，擺脫離情的拘束，而能從「酒」中得到自由，
這是唐人與眾不同之處。

「酒」在唐人送別詩中，或是一種友情的呈現，如王維〈送元二
使安西〉：「勸君更進一杯酒，西出陽關無故人」句。陽關，位於河西
走廊的西頭，著名的中亞通道——絲路由此開始。出了陽關之後，黃
沙莽莽，渺無人煙，不再是唐土。雖然使出西域是一件壯舉，然而在
成就功業之外，現實面對的卻是荒地絕域的無邊寂寞與勞頓，王維以
勸酒方式表達自我對遠行者的相思、關切之情，多飲一杯酒，多留一
時片刻也是好的，濃烈的友情在其中蒸蘊，有依依不捨的惜別之情，
也隱藏有祝願、相思的心意。飲下這杯酒，彷彿也飲下詩人的友情，
在未來漫漫長路上，唯此友情（酒）孤獨相伴。與此相近、以「酒」
寫友情的，又如：

酒傾無限月，客醉幾重春。(李白〈江夏送張丞〉《李白全集校注
彙釋集評》卷十六)

故人有斗酒，是夜共君醉。(陶翰〈送朱大出關〉《全唐詩》卷一

四六）

寵行舟遠泛，惜別酒頻添。（杜甫〈東津亭送韋諷攝閬州錄事〉
《杜詩趙次公先後解輯校》丙帙卷之六）

駟馬欲辭丞相府，一樽須盡故人心。（岑參〈崔倉曹席上送殷
寅充石相判官赴淮南〉《岑參詩集編年箋注》頁 549）

勸君稍盡離筵酒，千里佳期難再同。（錢起〈送鍾評事應宏詞
下第東歸〉《全唐詩》卷二三九）

都門且盡醉，此別數年期。（韋應物〈送宣城路錄事〉《韋應物集
校注》卷四）

滿座詩人吟送酒，離城此會亦應稀。（姚合〈送崔約下第歸揚
州〉《姚合詩集校考》卷一）

無辭一杯酒，昔日與君深。（許渾〈送客歸荊楚〉《丁卯集箋証》
卷三）

賈傅松醪酒，秋來美更香。憐君片雲思，一棹去瀟湘。（杜
牧〈送薛種游湖南〉《樊川詩集》卷四）

唯以一杯酒，相思高楚天。（溫庭筠〈送人南遊〉《溫飛卿詩集》
卷七）

感君情重惜分別，送我殷勤酒滿卮。（韋莊〈離筵訴酒〉《韋莊
集校注》卷三）

不直言友情的深厚，不直言離情的依依，在勸酒、對飲中，送者與被
送者間膠漆的情感自然流露，一切盡在不言中。著重友情的呈露，是
唐代送別詩的特殊之處，鄒湘齡說：「『友誼』這項因素，不僅是盛唐
送別詩的血肉，更是它動人的靈魂所在，反觀歷代大部分的送別詩
裏，『友誼』並不佔主導詩歌內容的地位，行者和留者之間離思的牽
動常常不被強調。」〔註86〕鄒氏雖專論盛唐，其實這種重友誼的表現
不僅是盛唐的專利而已，而是唐代詩人的普遍態度。唐代詩人透過
「酒」傳達友情，陳橋生因而以為「酒在道別中的意義，大約也與"故

〔註86〕同註 47，頁 59。

鄉"的觀念相似。朋友聚散,所可珍貴的便是那一片誠摯的友情,它是人們的精神之鄉。揮手告別,各奔前程,文人們更多地帶著對精神之鄉的依戀。臨別的酒,就像那泥土一樣,是友情的物化。哪怕從此無緣再見,哪怕四海萍蹤,飄泊萬里,這酒,卻永遠在血液中流淌著,無論走到天涯海角,也扯不斷這一情感牽連。」〔註87〕

是送別宴飲詩中「酒」的書寫,並不單只是「酒」本身的意義而已,更重要的是送別情感的表達,尤其是友情的呈現,這種「不在酒中的酒精神」〔註88〕,正是中國獨特的「酒」文化。

(二)歌 樂

詩歌的寫作,本來就與音樂有很密切的關係,都是可以披之管弦歌唱的,但是在文士送別宴飲詩方面,與音樂的關係更為密切,並且與遊樂、節慶宴飲詩的表現頗有不同的地方。

首先就表演者身份來看。在遊樂、節慶宴飲活動中,負責歌唱演奏的都是伎藝人,與宴文士只是欣賞者、旁觀者,雖然文士偶爾也會即席譜曲,但都是交由伎藝人來演唱的,如李賀於寒食日參與諸王妓遊,於席中採梁簡文帝詩調,賦花遊曲與妓彈唱即是一例〔註89〕。送別宴飲活動則不然。雖然較大型的送別宴飲活動中也會有妓樂的演奏歌唱,如崔侍御元範還闕,尚書李訥命妓盛小叢歌以餞之即是〔註90〕。然而與宴者往往也會以高歌一曲,甚至彈(吹)奏一曲作為送別,如陳去疾〈送林刺史簡言之漳州〉「江樹欲含曛,清歌一送君」(《全唐詩》卷四九〇),皎然〈春夜賦得漉水囊歌送鄭明府〉:「聊歌一曲與君別,莫忘寒泉見底清」(《全唐詩》卷八二一)等皆是為與宴者高歌以送客;如吳融〈贈李長史歌‧序〉:「余客武康縣既旬日,將去,邑長相餞於

〔註87〕見陳橋生《詩酒風流》(北京:華文出版社,1997年),頁237。
〔註88〕同註87,頁251。宋歐陽脩〈醉翁亭記〉云:「醉翁之意不在酒」正是此語所本。
〔註89〕見李賀〈花遊曲‧序〉,《李賀詩集》卷三。
〔註90〕事見《雲溪友議》卷上。

溪亭。座中有李長史，袖出蘆管，自請聲以送客。」（《全唐詩》卷六八七）是爲與宴者吹奏送客。

　　其次，就表演的目的來看，遊樂、節慶宴飲活動中，歌樂的表演只是作爲餘興節目，助興而已；在送別宴飲活動中，歌樂不再僅只是側身於助興的餘興節目、爲活動的配角，或者更一躍而爲活動的主角，含有濃厚的餞送目的，如前述盛小叢的歌以餞之，李長史的「聲以送客」，儲光羲亦有「送君唯一曲，當是白華篇」〔註91〕，是活動中歌樂的演出，除一般的餘興之用外，更有以之餞送的意義在。

　　再者，由於具有送別的目的，因此這類詩樂的演出往往與悲愁的情緒分不開，如：

> 絲管清且哀，一曲傾一杯。（張說〈岳州宴別潭州王熊二首〉其一《全唐詩》卷八七）

> 悲笳嘹唳垂舞衣，賓欲散兮復相依。（王維〈雙黃鵠歌送別〉《王維集校注》卷二）

> 老畏歌聲斷，愁隨舞曲長。（杜甫〈江亭王閬州筵餞蕭遂州〉《杜詩趙次公先後解輯校》丙帙卷之十）

> 接宴身兼杖，聽歌淚滿衣。（杜甫〈巫山縣汾州唐使君十八弟宴別兼諸公攜酒樂相送率題小詩留於屋壁〉《杜詩趙次公先後解輯校》己帙卷之一）

> 笙歌旖旎曲終頭，轉作離聲滿坐愁。箏怨朱弦從此斷，燭啼紅淚爲誰流。（白居易〈夜宴惜別〉《白居易集箋校》卷二八）

> 笙歌慘慘咽離筵，槐柳陰因五月天。（薛逢〈座中走筆送前蕭使君〉《全唐詩》卷五四八）

> 恨咽離筵管吹秋。（羅隱〈和淮南李司空同轉運員外〉《全唐詩》卷六五六）

是在送別的宴飲活動中歌樂的演出，有托寫離情的作用，或多帶悲淒，使聞之者更添離別愁緒。而在另一方面，酒可以澆愁，可以催愁，

〔註91〕儲光羲〈洛潭送人觀省〉，《全唐詩》卷一三九。

因而在送別宴飲詩中往往都是「歌樂」與「酒」並列書寫,如:

> 曲中驚別緒,醉裏失愁容。(李嶠〈餞駱四二首〉其一《全唐詩》
> 卷五八)

> 斗酒滿四筵,歌嘯宛溪湄。(李白〈宣城送劉副使入秦〉《李白全
> 集校注彙釋集評》卷十六)

> 今朝無意訴離杯,何況清弦急管催。本欲醉中輕遠別,不
> 知翻引酒悲來。(劉禹錫〈洛中送韓七中丞之吳興口號五首〉其三
> 《劉禹錫詩集編年箋注》頁 390)〔註 92〕

> 酒飛鸚鵡重,歌送鷓鴣愁。(李群玉〈廣江驛餞筵留別〉《全唐詩》
> 卷五六九)

> 酒闌橫劍歌,日暮望關河。(許渾〈送前繆氏韋明府南游〉《丁卯
> 集箋証》卷二)

> 西湖清讌不知回,一曲離歌酒一杯。(許渾〈潁州從事西湖亭
> 讌餞〉《丁卯集箋証》卷八)

是歌樂的演出與飲酒相應和,兩者一起合演出別離的悲愁情緒。

由於唐人或以歌為餞,而這種以歌為餞,有時唱的是舊曲,如:
「送君唯一曲,當是白華篇」,然而更多見的是詩人的即席創作,以
長篇歌行為送。綜合整理《全唐詩》中這類以歌為餞的作品,得到五
十七首:〔註 93〕

表:《全唐詩》中「以歌為餞」作品表

卷數	人 名	詩 題
133	李 頎	〈雙筍歌送李回兼呈劉四〉
151	劉長卿	〈聽笛歌〉留別鄭協律
166	李 白	〈西嶽雲臺歌送丹丘子〉
166	李 白	〈鳴皋歌送岑徵君〉

〔註 92〕《全唐詩》作〈洛中送韓七中丞之吳興口號五首〉。
〔註 93〕如白居易〈琵琶引〉、吳融〈贈李長史歌〉雖是作於送別宴飲場合中
的長篇歌行,但非「以詩為餞」的作品,因此不在統計之列。

166	李 白	〈鳴皋歌奉餞從翁清歸五崖山居〉
166	李 白	〈白雲歌送劉十六歸山〉
166	李 白	〈金陵歌送別范宣〉
167	李 白	〈峨眉山月歌送蜀僧晏入中京〉
167	李 白	〈赤壁歌送別〉
195	韋應物	〈送褚校書歸舊山歌〉
199	岑 參	〈白雪歌送武判官歸京〉
199	岑 參	〈熱海行送崔侍御還京〉
199	岑 參	〈輪臺歌奉送封大夫出師西征〉
199	岑 參	〈敷水歌送竇漸入京〉
199	岑 參	〈天山雪歌送蕭治歸京〉
199	岑 參	〈火山雲歌送別〉
199	岑 參	〈青門歌送東臺張判官〉
199	岑 參	〈梁園歌送河南王說判官〉
199	岑 參	〈走馬川行奉送出師西征〉
199	岑 參	〈函谷關歌送劉評事使關西〉
199	岑 參	〈胡笳歌送顏眞卿使赴河隴〉
199	岑 參	〈秦箏歌送外甥蕭正歸京〉
210	皇甫曾	〈錫杖歌送明楚上人歸佛川〉
213	高 適	〈賦得還山吟送沈四山人〉
216	杜 甫	〈醉歌行〉別從姪勤落第歸
220	杜 甫	〈短歌行送祁錄事歸合州因寄蘇使君〉
223	杜 甫	〈惜別行送向卿進奉端午御衣之上都〉
234	杜 甫	〈惜別行送劉僕射判官〉
265	顧 況	〈洛陽行送洛陽韋七明府〉
265	顧 況	〈黃鶴樓歌送獨孤助〉
265	顧 況	〈廬山瀑布歌送李顧〉
266	顧 況	〈春鳥詞送元秀才入京〉
271	竇 庠	〈于闐鐘歌送靈徹上人歸越〉
276	盧 綸	〈顏侍御廳叢篁詠送薛存誠〉

277	盧　綸	〈送張郎中還蜀歌〉
277	盧　綸	〈陳翃郎中北亭送侯釧侍御賦得帶冰流歌〉
277	盧　綸	〈賦得白鷗歌送李伯康歸使〉
282	李　益	〈登夏州城觀送行人賦得六州胡兒歌〉
284	李　端	〈荊門歌送兄赴夔州〉
303	劉　商	〈隨陽雁歌送兄南遊〉
303	劉　商	〈賦得射雉歌送楊協律表弟赴婚期〉
303	劉　商	〈泛舒城南溪賦得沙鶴歌奉餞張侍御赴河南元十伯士赴揚州拜覲僕射〉
333	楊巨源	〈別鶴詞送令狐校書之桂府〉
372	孟　郊	〈新平歌送許問〉
391	李　賀	〈勉愛行二首送小季之廬山〉
442	白居易	〈莫走柳條詞送別〉
465	楊　衡	〈宿雲溪觀賦得秋燈引送客〉
486	鮑　溶	〈玉山謠奉送王隱者〉
821	皎　然	〈翔集歌送王端公〉
821	皎　然	〈裴端公使君清席賦得青桂歌送徐長史〉
821	皎　然	〈奉同顏使君眞卿清風樓賦得洞庭湖歌送吳鍊詩歸林屋洞〉
821	皎　然	〈買藥歌送楊山人〉
821	皎　然	〈桃花石枕歌送安吉康丞〉
821	皎　然	〈賦得吳王送女潮歌送李判官之河中府〉
821	皎　然	〈飲茶歌送鄭容〉
821	皎　然	〈春夜賦得漉水囊歌送鄭明府〉
821	皎　然	〈送顧處士歌〉

從上表中可以看出幾點特色：

　　1. 以樂府歌行爲之，皆即事名篇，不依古題。

　　2. 有集中表現的情形。現存唐人有送別詩存世者有三百九十四

人〔註94〕，僅此二十一人有以歌行送別的作品，集中情形頗爲明顯。

3. 就詩人個別的寫作情形來看，這類詩在該名詩人的所有送別詩作中的比例並不高。如岑參有送別詩一百四十六首，其中爲歌行餞送者十二首，佔 8.2%；皎然有送別詩一百六十五首，其中爲歌行餞送者九首，佔 5.5%；李白有送別詩一百五十一首，其中爲歌行餞送者七首，佔 4.6%，盧綸有送別詩一百零五首，其中爲歌行餞送者四首，佔 3.8%；顧況有送別詩二十二首，其中爲歌行餞送者四首，佔18%；劉商有送別詩三十首，其中爲歌行餞送者三首，佔 10%。比例的普遍不高，因此或可以這麼說，由於長篇歌行的寫作耗時又費心，即席書寫時間有限，且宴飲詩的社會化作用，又往往限制了詩歌寫作的格式〔註95〕，因此眞正從事「以歌餞之」的並不多。

4. 主要集中在玄宗朝到文宗朝之間（一般所謂盛唐與中唐時期），其他時期均無作品存世，或亦可因而見當時的寫作風尚。

雖然，在遊樂宴飲詩中，文士或作興賦詩彼此相贈酬答，或以詩贈妓人，寫作風尚與此「以歌爲餞」雖有異曲同工之妙，但事實上卻是大不相同的。大抵而言，遊樂之作，詩多簡短，絕句最爲常見，次爲律詩，罕有以長篇贈人者；而這類的送別宴飲詩則專以長篇歌行爲送，有強烈的音樂性，或可以披之管弦歌唱，兩者的表現方式並不相同。

最後特別一提的是白居易的〈琵琶引〉（《白居易集箋校》卷十二）與吳融的〈贈李長史歌〉（《全唐詩》卷六八七）這兩首長篇樂府歌行，在唐代所有送別宴飲詩中，這兩首詩的寫作情形頗爲特殊：雖然都與送別宴飲活動有關〔註96〕，但卻都不是用來「送別」的作品，而是另

〔註94〕以《全唐詩》作爲統計，不包含五代部分。

〔註95〕有關宴飲詩社會化作用的影響，詳見拙作〈唐代宴飲詩的社會化現象〉。

〔註96〕白居易〈琵琶引〉乃「送客湓浦口，聞船中夜彈琵琶者」，「移船相近邀相見」而後寫出的作品，若嚴格要求，由於其與琵琶女相會非事先安排，乃江上偶逢，「添酒回燈重開宴」之後聽聞樂聲感傷之作，宴既「重開」，且重點並不在「送別」之上，而是「聽樂」，並不能算是「送別宴飲詩」，反較具「遊樂宴飲詩」性質。然而詩中白居易

有所寄：是作爲寫樂人、贈樂人的詩篇。其中，有關白居易〈琵琶引〉歷來爭議頗大，或以爲本事出自白氏的虛構，非眞有其人其事〔註97〕，然而本詩在一定程度上反映了唐人送別宴飲活動的情形，若拋開眞實虛構的爭辯，頗具社會價值：經由開頭「潯陽江頭夜送客，楓葉荻花秋瑟瑟。主人下馬客在船，舉酒欲飲無管弦。醉不成歡慘將別，別時茫茫江浸月」諸句，可知：一、唐人遠行，以舟行者多於夜間出行〔註98〕，因此是「夜送客」；二、別宴的舉行地點在船上；三、別宴的舉行以有管弦演奏爲佳，但亦有「無管弦」的情形。諸如此類，對後人了解唐代宴飲活動，實有其價值存在。

白居易〈琵琶引〉與吳融〈贈李長史歌〉的寫作頗爲近似，除了與別宴相關、卻非送別詩作這一點外，在詩作內容結構上也頗爲類似。送別在這兩首詩中都只是作爲楔子而已，寫作重點放在音樂的形容與身世遭遇的感歎上面。就音樂的形容部分，都是以具體的文字形容抽象的音樂，並且刻劃入微：

> 轉軸撥弦三兩聲，未成曲調先有情。弦弦掩抑聲聲思，似訴平生不得志。低眉信手續續彈，說盡心中無限事。輕攏慢撚抹復挑，初爲霓裳後六么。大弦嘈嘈如急雨，小弦切切如私語。嘈嘈切切錯雜彈，大珠小珠落玉盤。間關鶯語花底滑，幽咽泉流冰下難。冰泉冷澀弦凝絕，凝絕不通聲暫歇。別有幽愁暗恨生，此時無聲勝有聲。銀瓶乍破水漿

所以感傷特深，除個人遭際外，又不可忽視其與送別的特殊情境關係，以其因送別而起，故在此將〈琵琶引〉置於「送別宴飲詩」的研究之中。而吳融〈贈李長史歌〉則是吳融「客武康縣既旬日，將去，邑長相餞於溪亭。座中有李長史，袖出蘆管，自請聲以送客。」聞樂之後的贈詩，是標準的送別宴飲活動中賦詩。

〔註97〕 有關〈琵琶引〉的創作問題，日人入谷仙介曾作一番考辯，見入谷仙介〈關於《琵琶行》的創作——重點研究與杜甫的關係〉，收入《唐代文學研究》第五輯（桂林：廣西師範大學，1994 年），頁 468～479。

〔註98〕 羅時進說：「唐人遠行若取水路，則津浦送別多在傍晚，故送行詩中多寫到月。」見羅時進〈唐代送別詩與許渾的創作〉一文，收入《鐵道師院學報》1996 年第六期，頁 46～52。

迸，鐵騎突出刀槍鳴。曲終收撥當心畫，四弦一聲如裂帛。
（白居易〈琵琶引〉）

雙攘輕袖當高軒，含商吐羽凌非煙。初疑一百尺瀑布，八
九月落香爐巔。又似鮫人為客罷，迸淚成珠玉盤瀉。碧珊
瑚碎震澤中，金銀鐺撼龜山下。鏗訇揭調初驚人，幽咽細
聲還感神。紫鳳將雛叫山月，玄兔喪子啼江春。（吳融〈贈李
長史歌〉）

這種形容方式，與一般送別宴飲詩中提到音樂都只是輕描淡寫的手法完
全不同，反而和遊樂宴飲詩中專寫妓樂的篇章較為近似，都是刻劃細
膩，傳寫入其神。但是這些專寫妓樂的詩篇全為短篇，多絕、律之作，
因此縱使刻劃細膩也只是總體形象的呈現而已，像這種隨著音聲的抑揚
高低起伏而變化形容的刻劃入微表現，卻是不曾有過的，並且多僅只於
形容音聲而已，然而〈琵琶引〉與〈贈李長史歌〉，在音聲的形容之外，
更結合身世遭遇的感慨，如白居易以敘事詩的手法進行書寫，加入抒情
詩的成份〔註99〕，既寫樂人，更歎己身；吳融雖仿白氏寫法，但止於樂
人傷歎〔註100〕，兩者都是對比今昔境遇的不同，慨歎流離的淒苦。像
這種結合伎藝表現與身世遭遇慨嘆的寫法，當推至杜甫的〈觀公孫大娘
弟子舞劍器行〉一詩。清田雯《古歡堂集雜著》說：「余嘗謂白香山〈琵
琶行〉一篇，從杜子美〈觀公孫大娘弟子舞劍器行〉詩得來。『臨穎美

〔註99〕　謝思煒說：「〈琵琶引〉既不屬於政論詩範疇，也完全脫離了民間敘事
　　　　詩範型，是文人抒情詩對敘事詩的一次成功的化用改造。由這一創作
　　　　發展來看，白居易在敘事詩形式方面的能動性創造是愈來愈加強的，
　　　　與之相應，民間敘事詩的原有形式也變得愈來愈不純了。……這種不
　　　　純達到一定程度，也就意味著敘事形式重新溶解於文人抒情記事詩的
　　　　形式。於是，〈琵琶引〉也就宣告了白居易敘事詩創作的終結。」見氏
　　　　著《白居易集綜論》（北京：中國社會科學出版社，1997年），頁383。
〔註100〕　吳融〈贈李長史歌〉有關敘事感歎部分：「咨嗟長史出人藝，如何值
　　　　此艱難際。可中長似承平基，肯將此為閑人吹。不是東城射雉處，即
　　　　應南苑鬥雞時。白櫻桃熟每先賞，紅芍藥開長有詩。賣珠曾被武皇問，
　　　　薰香不怕賈公知。今來流落一何苦，江南江北九寒暑。翠華猶在橐泉
　　　　中，一曲梁州淚如雨。長史長史聽我語，從來藝絕多失所。羅君贈君
　　　　兩首詩，半是悲君半自悲。」末尾所言羅隱所贈之詩，今已不存。

人在白帝，妙舞此曲神揚揚。與余問答既有以，感時撫事增惋傷。』杜
以四語，白以數行，所謂演法也。鳧脛何短，鶴脛何長，續之不能，截
之不可，各有天然之致；不惟詩也，文亦然。」，《唐宋詩醇》亦言：「及
杜甫〈觀公孫大娘弟子舞劍器行〉與此篇同爲千秋絕調，不必以古近前
後分也。」〔註101〕，杜甫詩寫舞劍器，白居易與吳融狀音聲，所書雖
不同，筆法卻相類。白居易〈琵琶引〉與吳融〈贈李長史歌〉，二者在
眾多離情依依的送別詩作中，獨具一格。

　　最後附帶提到的是文士送別宴飲詩中有關舞蹈的表現。古代詩、
樂、舞三者不分，因此在遊樂與節慶宴飲詩中我們可以看到許多相關
於舞蹈的形容與記錄，雖然或比不上歌樂的形容之夥，但爲數亦頗爲
可觀。但是在送別宴飲詩中，相關舞蹈的書寫雖然不是沒有，然而卻
是非常的稀少，直可以用「罕見」來稱呼，並且書寫的也十分地簡單，
只是「提到」而已，如：

> 彩雲歌處斷，遲日舞前留。（宋之問〈春日鄭協律山亭陪宴餞鄭
> 卿同用樓字〉《全唐詩》卷五三）

> 吳姬緩舞留君醉，隨意青楓白露寒。（王昌齡〈重別李評事〉《全
> 唐詩》卷一四三）

> 齊童如花解郢曲，起舞激楚歌採蓮。（獨孤及〈東平蓬萊驛夜
> 宴平盧楊判官醉後贈別姚太守置酒留宴〉《全唐詩》卷二四七）

> 拍逐飛觥絕，香隨舞袖來。（元稹〈三月三十日程氏館餞杜十四
> 歸京〉《全唐詩》卷四二三）

雖然安史亂後，詩風走向對宴飲場合的多所關注〔註102〕，但是在文士
送別宴飲詩中仍是以別離爲主要內容，雖然對宴飲場合中的舞蹈表演
書寫，稍稍有加多的現象，但整體而言形容仍是很少，與相關歌樂的
書寫完全不成比例。從這一點可以看出，在唐人的送別宴飲活動中，

〔註101〕　此二引文，皆轉引自陳伯海主編《唐詩彙評》（杭州：浙江教育出
　　　　　版社，1995年）中冊，頁2109。

〔註102〕　參見第四章第二節文士遊樂宴飲詩中有關對宴飲場合的關注描述
　　　　　部分。

主要是歌樂的表演，舞蹈是罕有的。相對於遊樂、節慶等宴飲活動的熱鬧非凡，送別宴飲活動明顯清幽，此固和別離依依傷懷，與舞蹈歡愉氣氛殊不相類有關，但更和送別場合的多在野外林下長亭有關。

頻繁的文士送別宴飲活動，孳生了豐富的文士送別宴飲詩作，這些詩作的寫作表現，與宮廷詩作明顯分流，獨自發展，不受宮廷影響，與同時期的其餘宴飲詩作的表現也有頗為不同的地方。在別離情感的呈現部分，有集體在時間空間表達方面的寫作共相，也有因時代背景差異而呈現出來的異相。共相見其送別詩傳統，異相見其時代特色。而在宴飲即席的活動關注上，主要集中在「飲酒」與「歌樂」二者之上，飲酒以託情感，歌樂以抒情思，是唐代送別宴中最重要的兩項活動。然而送別宴飲詩不單只是書寫離情而已，如白居易〈琵琶引〉與吳融〈贈李長史歌〉，雖與別宴有關，但卻非送別詩作，且詩中對抽象的音聲加以具體形象書寫，並結合對樂人、對己身遭際的慨歎，在所有的送別宴飲詩中獨具一格，而這也正是唐人與眾不同之處。

第三節 結　語

綜合前面所述，可得結果如下：

整體而論，首先，雖然送別宴飲詩在所有唐代宴飲詩的寫作中最為大宗，然而這是指文士送別宴飲詩部分而言，至於宮廷送別宴飲詩部分，則是在本論文所有分類中最為稀少的。同是送別宴飲詩，一為最大宗，一為最稀少，宮門內外，差異最是明顯。

其次，在所有唐代宴飲詩中，送別宴飲詩最有集體主義的傾向，在時空形容上，有共相的呈現。大抵而言，由於受到宴飲活動進行的影響，在時間方面多以「別時」為基點，遵循「別前」←「別時」→「別後」的書寫方式，呈現別離的情感；在空間方面，則以「別宴所在地」為基點，或預想「別後」的「沿途經過」，或預想「別後」的「目的地」情景，結合時空所造成的意想，託寫不盡的離情相思。

至於個別的時代差異，綜合如下：

一、中宗朝以前（618～710）

中宗朝以前的宮廷送別宴飲詩由於保存的數量不多，只能略觀梗概而已。大抵而言，太宗朝詩作受齊梁詩風影響，注重別情書寫，情景交融，表面上情深至極，其實卻未必有多少眞情存在，或只是投君王所好，陽禮陰謀的運用。中宗朝僅送赴邊之作存世，詩作含濃厚邊塞色彩，充滿雄豪之氣，多以預祝凱歸作結。

在文士送別宴飲詩部分，雖然傷愁的情感呈現是送別詩的傳統，然而對中宗以前詩人而言，這種傷愁只是緣於友情上的不捨，雖傷而不悲，因而表現在詩作中，是不作興流淚的傾向。在不作興流淚的風氣下，官場餞送詩作更是充滿賀頌的詞句，具有明亮的希望色彩。此外，在送別詩的傳統別離主題外，少數詩人的作品中已開始流露出詩人的自我意態，能在一片格套中別具新意，個人色彩逐漸流露。

二、玄宗朝（712～755）

玄宗朝相關宮廷送別宴飲詩作保存最多，然而不管是送地方官，或是送邊官，或是送官入方外，雖然送往方向不同，送別意義也不一，然而詩作同樣都是以事爲主，少言個人情感，並保持玄宗朝宮廷詩一貫作風，強調政治教化的意義。雖然是送人之作，但是投君王所好的現象十分明顯。

在文士送別宴飲詩部分，由於強烈功業的追求理想，玄宗朝詩人面對別離不作興傷愁的表現，甚者表現出豪邁曠達、不在乎別離的笑傲態度。這是一種時代風尚，帝國的繁盛上昇氣象，使悲苦之音並不爲玄宗朝詩人所喜愛。雖然如此，然而送別詩自古以來悲愁的傳統，再加上人情之自然，因而在玄宗朝的送別宴飲詩中仍不免哀愁之形容，但是這種哀愁與中宗以前相類似，都只是源生於作者個人一時的情感波動，愁只在表面，雖然言「愁」，但卻非眞正愁。

　　而在另一方面，好新好奇的玄宗朝詩人也開始擺脫宴飲詩社會化的束縛，以各種體製從事送別宴飲詩的書寫，「歌以餞之」的風氣形成，不再只是以統一的規格送別，而是以具有作者個人的眞情眞性的方式從事寫作，多爲長篇，展現出玄宗朝社會的自由開放風氣。

三、安史亂後（756～907）

　　安史亂後朝廷中央的急遽失勢，反映在宮廷送別宴飲詩上，是詩作的留存十分稀少，僅存君王賦作的一詩及一殘句。探究存世稀少的原因，除中央失勢外，又和君王的少賦作有直接的關係。僅存的這些作品內容均以政治爲出發點，詩特重君臣間關係，殘句也表現出對被送之臣的讚美與期望之情。

　　安史亂後社會的殘破亂離直接對送別宴飲詩的寫作內容產生衝擊，一改亂前不在乎別離的心態，更多更深的哀愁綿綿不盡地在此時期的送別宴飲詩流露。然而在相關官場的詩作中卻仍是不改交際應酬的格套，多所歌詠，氣勢雄偉豪邁，少見悲涼的形容，與現世脫節，是宮廷的小縮影，是中國人拿捏分寸、陽禮陰謀的心理的具現。

　　綜合所述，可以知道，在唐代送別宴飲詩的寫作中，宮廷詩與文士詩的寫作是越到後來越是明顯分流，宮廷中擺脫不了政治的包袱，而文士私人寫作卻越趨於個人色彩的呈現，這一點，在其他宴飲詩上面也可以看到類似的發展情形。對送別宴飲詩來講，「別離」是寫作的重心，各種形容均不出離情的託寫，因此對宴飲即席的關注，亦只限於可以表達離情的「飲酒」與「歌樂」兩項活動，與遊樂、節慶宴飲詩作相較起來，相關活動的書寫明顯少了許多，雖然同是宴飲詩，卻有不同的寫作風格。而「別離」主題的悲愁傳統，雖然在唐代詩人筆下有不同的表現，或傷而不悲，然而這種悲愁的不免存在，更是迴異於其他遊樂、節慶宴飲詩的歡欣基調，是以雖然同爲宴飲活動時的創作，卻有不同的寫作風格。

第七章　結　論

　　從緣事到緣情，從禮樂的化身到娛樂的工具，唐以前的宴飲詩經過一段漫長的發展、演進過程。到了唐朝，宴飲詩承續前代的寫作方式，並發展出屬於自己的時代特色，以「應酬」與「非應酬」的方式存在於宴飲活動之中，或作為競賽，或作為遊戲，或帶有合樂的性質，可以即席演奏歌唱；或依格套書寫，或言志抒懷，不同場合有不同的寫作規範，同中有異，和而不同，各具面貌，從而構築出唐代宴飲詩豐富的內容。

一、唐代宴飲詩的寫作表現

　　觀察唐代宴飲詩的寫作表現，可以歸納為如下幾點：

（一）在活動事由表現方面

　　在遊樂宴飲詩部分，雖以「遊樂」為名，但是安史亂前的「遊樂」宴飲詩中，「應酬」的意義往往大於一切，隨著「場域」的變化，而有不同的「應酬」寫作方式，對「遊樂」的形容一直為寫景文字所覆蓋。中宗宮廷雖曾一度耽於遊樂，忘君臣禮法，「遊樂」味道濃厚，但不多時玄宗繼位，儒學復興，以更嚴謹的政治教化取代之，「遊樂」退位。安史亂後，在文士遊宴活動中，以文字為遊戲逐漸成形，「遊樂」宴飲詩方正式為「遊樂」服務，成為道道地地的「遊樂」宴飲詩。

　　在節慶宴飲詩部分，「節慶」事由在宮內宮外受到不同的對待：

在宮廷中,相關「節慶」的書寫重在靜態的節慶典故上面,書寫的比重隨著時間的流動而越來越淡薄;在文士的創作中則以動態的節慶遊藝活動呈現為重,表現的情形則隨著時間的流動而增多。

在送別宴飲詩部分,「別離」情感的呈現是主要的內容,大抵而言,安史亂前詩人多表現出不在乎別離的態度,意態豪邁開朗,雖傷而不悲;安史亂後,別情轉為淒切、委婉。

(二)就「場域」影響而言

宮廷宴飲詩的社會化最為明顯,同一宴集中賦作的詩篇,在內容上呈現出極大的雷同性,全取決於君王的好尚:君王喜誇飾,臣下應制全是頌美媚詞;君王尚猜忌,臣下應制不忘表現忠誠;君王喜歡談政教,臣下則多所歌頌朝廷德政。拿捏分寸,陽禮陰謀,或寫景,或歌頌,內容絕不涉及個人的好惡,表面上氣象恢宏,實際上卻不見得真誠,只是一種格套的運用,脫離個人真實的情感。

官場賦作是宮廷的小縮影,官場性質越濃厚的宴飲活動中賦作,與宮廷幾乎沒有什麼兩樣,只有在頌美的形容稍有區別而已。

越是私人場合中所賦作出來的宴飲詩,不管在寫作體製、詩作內容、表達情感等方面,往往都展現出作者個人的風格與真實情感,是最能表現與發揮作者才華的地方。

(三)就時代變遷而言

有關宴飲詩的寫作表現,雖然在中宗朝以前宮廷內外稍有合流的情形,但是自玄宗朝開始,宮內宮外各自發展,自成體系,不相統攝,漸行漸遠。

中宗以前,宮中詩作,不是承齊梁詩風,充滿寫景文字,近似類書般的寫作,就是「狎猥佻佞,忘君臣禮法」。而宮外文士諸作,受宮廷影響深刻,社會化的現象十分明顯,詩作有雷同的傾向,只有在少數大詩人手中,才能有擺脫宮廷束縛,呈現出詩人的真實情感,開啟玄宗朝自由詩風。

　　大抵而言，本時期宴飲詩中所流露出來的以歡愉的基調爲主，形容上多重寫景，縱使不免感時傷離，但多是傷而不悲。

　　玄宗朝宮廷宴飲詩一改中宗朝弊息，轉以莊嚴的政治教化爲書寫重心，引導詩歌走回復古老路，不但沒有爲宮廷宴飲詩再造新境界，反而扼殺了宮廷宴飲詩的生機，與當時宮外詩歌發展的自由開放風尚相背離，加速宮廷詩在詩壇地位的退讓。

　　宮外文士在帝國的強盛中，展現出自信自傲的處世態度與自由開放的宏大胸襟，不再像中宗前詩人般只局限於宴飲場合周遭景物的形容，而是把視野放寬，無事不可入詩，對宴飲活動投以更多的關注；更由於對功業的熱烈追求，豐富的漫遊經驗，養成豪邁瀟灑的性格，反映在宴飲詩中，是對友誼的關懷與不作興悲愁的表現，是一種太平盛世的詠嘆調。

　　安史亂後，地方勢力抬頭，朝廷威望大減，朝政的窘迫反映在宮廷宴飲詩中，現存詩作數量少之又少，幾乎都是德宗朝的作品，懷著盛世再現的巨大夢想，詩中往往故作盛世的宣揚，誇讚帝業，嚴重脫離現實，失眞情形更嚴重。

　　相反的，宮外文士卻以更頻繁的創作，來寄寓亂離時代的傷痛。或難掩觸目皆是的時代傷痕，對時局的多難、生如轉蓬的悲悽作一深沉的反映與呈現；或反其道而行，沉迷於飲宴之中，充耳不聞時代的悲嚎，爲宴樂而宴樂，以文字爲戲，細寫宴飲活動內容與遊樂景象，充滿市井氣，格局窄小。兩種截然不同的表現，同時出現在安史亂後文士的宴飲詩作中。

（四）就活動的即席關注而言

　　宴飲詩寫作於宴飲活動之中，是詩人宴飲即席心態的寫眞，然而對於中國人來講，宴飲活動外表雖標舉飲食特色，然而實際上卻是著重在其人際交往的社會功能上面，因此，雖然名爲「宴飲」詩，理應以「宴飲」爲書寫的主題，可是詩中相關宴飲活動的書寫，在「食物」的部分

卻是不多的，只有屬於「飲」的「酒」爲唐人所偏好，因此書寫甚多。雖然相關「酒」的書寫眾多，但或是以一種「飲酒之意不在酒」的心態呈現，往往以作爲一種詩人情感的寄託方式存在，因此雖然相關「酒」的形容不少，但是卻是把「酒」定位在社會的功能上面的。是雖名爲「宴飲詩」，但是所重視的卻不是在「宴飲」本色（飲食）上面。

　　大抵而言，中宗以前所寫的景物多半是宴飲場所周遭的自然山水與園林風物，從大景著眼，應酬味道十分濃厚；從玄宗朝開始，宮內宮外有了不同的關注：宮廷中，在政治教化意義重於一切的寫作態度下，相關活動的書寫只是爲了烘托朝廷德政而已，根本談不上什麼活動關注；宮門外，詩人以開闊的胸襟看待眼前一切，除山水園林之外，更多注意到宴飲活動（如歌、舞、賦詩等）的表現，展露出深刻的人事關懷，有較強的臨場感。安史亂後，這種寫景轉爲狹隘，不僅是對山水園林的形容銳減，並且這種山水園林的形容或轉爲纖細，或簾中窺天，窗內聞雨，或細寫園中花，刻劃入微。此外，對宴飲活動內容細節多仔細形容，更逼眞地融入宴飲活動中。

（五）對前代宴集的態度

　　可以發現，中宗以前詩人創作詩歌時，把宴飲活動的取向與宴飲詩歌的文學價值作了一明顯的區分：在活動取向上，傾向於對金谷豪華宴集與山簡任情飲酒的追慕與仿傚；在詩歌的文學價值上，追求的或是如蘭亭般千載知音永恆存在，仿傚蘭亭的文學看法。在這種追慕與仿傚的過程中，詩人爲眼前的宴飲活動與宴飲賦詩找到了現實的價值與意義。玄宗朝則不然，十足的自信與自傲的態度，使他們在遊樂宴飲賦詩時根本不把前代宴集放在眼裏，只有在節慶宴飲賦詩時，由於節慶的懷古性質而興發詩人的思古幽情，再加上節俗的限制，往往有一定的活動方式與飲食內容，這使得唐代社會的繁盛所造成的與前代宴飲活動的差異也就沒有那麼明顯。甚至，能夠類同前代知名宴集反而被認爲是種風雅之事，是以在節慶宴飲詩中，玄宗朝詩人能夠以

開闊的胸襟吟詠前代宴飲諸事，並用以來喻況眼前的宴集。而安史亂後文士情感的複雜，也表現在對前代宴集的態度上，或表現出自信自傲的態度，不把前代宴集放在眼裏；或喜歡以前代宴集來譬喻眼前的宴集，尤其是對蘭亭宴的喜好更是明顯。這種相反的態度，正與當時人宴飲心態或縱情，或悲苦的兩樣相類似。

若進一步以晉代兩大宴集：金谷、蘭亭為觀察，可以發現：有關金谷宴方面，安史亂前，文士對金谷園宴的關注立足於對金谷豪華宴集的認同、取法態度上；安史亂後，文士對金谷園宴的關注則是立足於對金谷繁華終歸塵土的傷悼中，是一種懷古、引以為鑑，兩者是截然不同的。有關蘭亭宴集部分，安史亂前，縱使是上巳之作，也很少拿蘭亭來進行譬喻、比較的，安史亂前文士對蘭亭的取法，是在詩文的傳世與知音的追尋上，是從文學作品的價值著眼的；而安史亂後上巳宴飲詩普遍以蘭亭為喻、相較，對蘭亭的認同已逐漸轉變為宴飲活動形式的認同。

在歷史上，蘭亭所代表的是恬雅的文士雅集，金谷象徵的是豪華奢侈的富家宴會，從安史大亂前後文士對蘭亭金谷好尚的轉變，亦可以看出唐代社會宴飲風氣的由豪華奢侈向怡情恬雅的轉移情形。

二、宴飲詩的社會功能：「和諧」

作為社會功能，宴飲活動所追求的是「和諧」的呈現。《說文》解釋「宴」字之義，以為「宴，安也。」，《舊唐書・禮儀志》云：「享宴之禮立，則君臣篤。」中國人對宴飲活動的看待，就是著重在其和睦上下的社會功能。宴飲活動是社會生活的一部分，是一種公開的場合，鄒川雄以為：「中國人所講求的社會秩序，其重心在於『和諧』（harmony），而不在於『整合』（integration）。」〔註1〕，「在陽／陰

〔註1〕　見鄒川雄《拿捏分寸與陽奉陰違──一個傳統中國社會行事邏輯的初步探索》（臺大社會研究所博士論文，民八四年），頁133。又思想史家成中英教授曾將中國傳統思維方式的特徵概括為「和諧化的辯證法」，這種辯證觀，強調整體，強調和諧。而這種辯證觀之所以形

默認的體制下，中國人在公開互動中展現出許多特色。首先，極端重視人與人關係的和諧。『和爲貴』幾乎是中國人在公開場合的最高信條。」〔註2〕宴飲活動的舉行以「和諧」爲最高信條，宴飲詩創作於宴飲活動中，因而「和諧」也就成爲宴飲詩寫作時一個很重要的目的。從《詩經》開始，「和諧」就是中國宴飲詩不變的寫作目的〔註3〕，雖然各朝各代表現的方式或異，然而始終脫離不了「和諧」的目的，社會對宴飲詩創作最大的影響就是「和諧」。

就唐代宴飲詩而言，詩中所追求的「和諧」並不是一成不變的和諧。首先，這種「和諧」是以「宴」爲單位的，同一宴飲場合中的寫作往往有雷同的表現。作者一方面以宴飲即席的約定爲範則，或限韻、或限題、或限句、或限時；一方面又以社會上通行的形容格套、情感表達爲內容。

其次，這種「和諧」是會隨著時間的流動而變遷的。黃曬麗從心理學角度解讀中國人的和諧觀，以爲「和諧不是一個靜態的結構，而是一種動態的過程」〔註4〕，童慶炳分析社會心理對群體趣味的作用，亦以爲：

> 社會心理具有易變性的特徵，一個短時間內，出於一種新
> 的事物的產生，一種時尚的變化，一種情境的轉換，社會
> 心理也就跟著轉換。〔註5〕

從唐代宴飲詩的寫作發展中，我們可以發現這種社會心理轉換的情形。在詩作內容方面，雖然同是以寫景爲主，然而這種寫景卻有時代

成，乃在於中國人對世界本性的獨特認證。見成中英《世紀之交的抉擇——論中西哲學的會通與融合》（北京：知識出版社，1991年）。
〔註2〕 同註1，頁358。
〔註3〕 詳見本論文第二章中所敘述。
〔註4〕 見黃曬麗著〈中國人的和諧觀／衝突觀：和諧化辯證觀之研究取徑〉一文，收入《本土心理學研究》第五期，1996年六月：《中國人的人際心態》，頁47～71。
〔註5〕 見童慶炳等《文學藝術與社會心理》（北京：高等教育出版社，1997年），頁109。

的差異，大抵而言，中宗以前的寫景多爲宴飲場所周遭的自然山水與
園林風物；玄宗朝詩人則在山水園林之外，更多注意到宴飲活動（如
歌、舞、賦詩等）的表現，有較強的臨場感；安史亂後，這種寫景轉
爲狹隘，不僅是對山水園林的形容銳減，並且這種山水園林的形容或
轉爲纖細，或簾中窺天，窗內聞雨，或細寫園中花，刻劃入微。此外，
對宴飲活動內容細節多仔細形容，更逼眞地融入宴飲活動中。而這種
寫景表現的轉變，與當時詩壇的寫作風尙是相通的。

　　第三，這種「和諧」是屬於一種「調和式的和諧」〔註6〕。對中
國人而言，宴飲詩中的這種「和諧」的呈現並不是完全抹煞個體的獨
特性，並不是就因此而不容許個體才華的表現，「和而不同」才是所
謂「和諧」的眞正表現〔註7〕。如「唐燕集必賦詩，推一人擅場」、「我
今日壓倒元、白」等競賽表現，便是在經過社會規格化後的宴飲詩作
品中，突顯個體才華的舉動，在「同」中求「異」，雖「和」而「不
同」，兼顧到個體的存在。

　　第四，這種「和諧」社會化的表現在同一個作者的身上也有深淺
不一的情形出現。在唐代宴飲詩中，詩人往往以己身與其他與宴者的
關係作判斷，把宴飲活動「場域」區分爲「公眾的」（陽）與「私下

〔註6〕　思想史家成中英教授曾將中國傳統思維方式的特徵概括爲「和諧化
的辯證法」，在成氏的基礎上，黃曬麗進一步指出，隱含在意識型態
內的和諧觀，在人倫社會秩序的層次表現上是以「調和式的和諧觀」
呈現。見黃曬麗《中國人的人際和諧與衝突：理論建構及實徵研究》
（臺大心理所博士論文，民國85年），頁48。

〔註7〕　黃曬麗說：「調和式之和諧是在差異（分別）中求和諧，它兼容相異
乃至相反之事物，並加以調節，使其保持一定的分別，又不超出一
定的限制，進而相輔相成而達到整體性的和諧。這種和諧即是『和
而不同』的境界，向上可與宇宙觀中的『天道』（自然之和諧與秩序）
接筍，在人世間又可作爲人倫和諧社會與秩序之寫照。這種強調調
節或協調的和諧觀，亦主張『以禮節和』與『以權佐和』，以兼具原
則性與靈活性，個別性與群體性，並因此建構盡善盡美的和諧境界。」
這種「調和式的和諧觀」就是唐代宴飲詩在不和諧的情境中追求的
「和諧」的思想背景。同註6，頁57。

的」（陰）兩類，兩者所呈現的社會化程度並不相同：「公眾的」宴飲
活動「應酬」的成分濃厚，重視維持關係的和諧，呈現較強的群體規
範力，詩作間的類似性較高；「私下的」宴飲活動雖或不免有些微應
酬成分，但更允許個人的表現，宴飲詩中社會化影響淡薄許多，有時
甚至可以完全擺脫社會化的限制，以「非應酬」的言志抒懷表現，一
聽作者自由〔註8〕。

　　第五，這種「和諧」的背後，是一種拿捏分寸的行事邏輯，陽禮
陰謀的社會文化。這種表現，在宮廷宴飲詩中最為明顯。在宮廷這個
環境中，由於君尊臣卑的禮法地位顛撲不可破，君主佔有絕對的「勢」
的優勢，因此宴飲賦作時，臣下莫不盡力的阿諛諂媚，歌功頌德（陽
禮），以討君王的歡心，以求得賞識（陰謀）。隨著君王的喜好不同，
臣下的用詞與也不同：中宗以前，宮廷詩人往往喜歡用「微」、「小」
等自我貶抑的字詞襯托朝廷皇恩的無邊偉大；玄宗朝的宮廷詩人則謳
歌太平盛世裏的政治教化，頌美君德；安史亂後，詩人們刻意誇大、
突顯君王的恩威與國勢的強大，貶抑自我，並在歌頌之餘不忘輸誠報
國。諸如此類表現，均是討君王歡喜，表面上君臣上下一團和氣，宴
飲氣氛十分和諧、融洽，然而相關的歌詠卻未必符合現實，如安史亂
後諸作即是。

　　宴飲詩的價值，絕不只限於宴飲方面的記錄而已，亦不只有文學
的意義而已，它更是一種社會人心的呈現，是一種複雜的人情意緒的
綜合呈現，忽略此點，實不足以呈現宴飲詩的真正價值。雖然本論文
想要探討的範圍十分的宏偉，然而唐代宴飲詩的實際表現棼亂如糾纏
難解之縷，雖想抽絲剝繭，然而其始非一，統御唯難，欲以一道貫而
通之，實為不可能的任務。顧此失彼，真正能解決的畢竟有限。凡事

〔註8〕 此「公眾的」與「私下的」劃分方式，參考鄔川雄說法，同註1，頁
　　　　356。又童慶炳亦從社會心理學方面解讀，以為「社會心理具有群體
　　　　性特徵，個體對自己認同的群體所持的肯定傾向越是有力，那麼個
　　　　體對群體的遵從也越是有力。」，同註5。

起頭難，在唐代宴飲詩這塊尚未爲人深入進行整體開拓的處女地上，其實是充滿開發的空間的。本論文限於切入角度，僅能作部分呈現，然而卻已因而體識到其他可供開拓的領域，雖然本論文的研究缺漏處不少，然正可因而引示日後可供研究的方向。學術研究是一條永無止境的路，謹以此文，作爲鎖鑰，開啓無限領域。

參考書目

一、專　書

（一）古　籍

1. 《詩經》，十三經注疏本，臺北：藝文印書館。
2. 《禮記》，十三經注疏本，臺北：藝文印書館。
3. 《儀禮》，十三經注疏本，臺北：藝文印書館。
4. 《舊唐書》，劉昫，臺北：鼎文書局。
5. 《新唐書》，歐陽修、宋祁，臺北：鼎文書局。
6. 《增補六臣註文選》，明太子蕭統撰／李善等註，臺北：華正書局。
7. 《先秦漢魏晉南北朝詩》，逯欽立輯校，臺北：學海出版社。
8. 《全唐詩》（十二冊），清聖祖御定，臺北：文史哲出版社。
9. 《全唐詩補編》（三冊），陳尚君輯校，北京：中華書局。
10. 《唐人選唐詩新編》，傅璇琮主編，西安：陝西人民教育出版社，1996年。
11. 《全唐文》（附《唐文拾遺》、《唐文續拾》、《讀全唐文札記》），董浩等，上海：上海古籍出版社。

（二）文學綜論、文學史

1. 《傳統文學論衡》，王夢鷗，臺北：時報文化出版公司，民國 76年（1987）。
2. 《中國文學的世界》，前野直彬著／龔霓馨譯，臺北：學生書局，民國 78 年（1989）。

唐代宴飲詩研究

3. 《齊梁詩歌研究》，閻采平，北京：北京大學出版社，1994 年。

4. 《齊梁詩歌響盛唐詩歌的嬗變》，杜曉勤，臺北：商鼎文化出版社，1996 年。

5. 《六朝情境美學綜論》，鄭毓瑜，臺北：學生書局，民國 85 年（1996）。

6. 《多情自古傷別離──古典文學別離主題研究》，蕭瑞峰，臺北：文史哲出版社，民國 85 年（1996）。

7. 《由山水到宮體──南朝的唯美詩風》，王力堅，臺北：臺灣商務印書館，1997 年。

8. 《抒情傳統與政治現實》，呂正惠，臺北：大安出版社，民國 78 年（1989）。

9. 《漢唐文學的嬗變》，葛曉音，北京：北京大學出版社，1990 年。

10. 《六朝煙水》，陳書良，北京：現代出版社，1990 年。

11. 《西崑研究論集》，周益忠，臺北：學生書局，1999 年。

12. 《隋唐五代文學史》，羅宗強、郝世峰，北京：高等教育出版社，1990 年。

13. 《唐代文學史略》，王士菁，長沙：湖南師範大學出版社，1992 年。

14. 《唐五代文史叢考》，吳在慶，江西人民出版社，1995 年。

15. 《唐代文學史》，喬象鍾、陳鐵民主編，北京：人民文學出版社，1995 年。

16. 《唐代文學演變史》，李從軍，北京：人民文學出版社，1993 年。

17. 《唐五代文學編年史》，傅璇琮主編，瀋陽：遼海出版社，1998 年。

18. 《天寶文學編年史》，熊篤，重慶：重慶出版社，1987 年。

19. 《八代詩史》，葛曉音，西安：陝西人民出版社，1989 年。

20. 《隋唐詩歌史論》，管雄，南京：南京大學出版社，1990 年。

21. 《唐詩史》，許總，南京：江蘇教育出版社，1994 年。

22. 《隋唐五代詩歌史論》，霍然，長春：吉林教育出版社，1995 年。

23. 《唐詩史》，楊世明，重慶：重慶出版社，1996 年。

24. 《唐絕句史》，周嘯天，合肥：安徽大學出版社，1999 年。

（三）唐詩綜論

1. 《全唐五代詩格校考》，張伯偉編撰，西安：陝西人民教育出版社，1996 年。

2. 《唐詩品彙》，高秉編，臺北：學海出版社，民國 72 年（1983）。

－338－

3. 《唐詩論評類編》,陳伯海主編,濟南:山東教育出版社,1993 年。

4. 《唐詩評三種》,黃生等撰／何慶善點校,合肥:黃山書社,1995 年。

5. 《唐詩彙評》,陳伯海主編,杭州:浙江教育出版社,1995 年。

6. 《唐詩散論》,葉慶炳,臺北:洪範書店,民國 66 年(1977)。

7. 《唐詩研究》,胡雲翼,臺北:臺灣商務印書館,民國 76 年(1987)。

8. 《唐詩百話》,施蟄存,上海:上海古籍出版社,1988 年。

9. 《唐代詩歌》,張步雲,合肥:安徽教育出版社,1990 年。

10. 《唐詩》,詹瑛,臺北:國文天地,民國 81 年(1992)。

11. 《唐詩論學叢稿》,傅璇琮,哈爾濱:黑龍江人民出版社,1992 年。

12. 《唐詩體派論》,許總,臺北:文津出版社,民國 83 年(1994)。

13. 《唐詩藝術技巧》,師長泰,西安:陝西人民出版社,1991 年。

14. 《唐詩語匯意象論》,(日)松浦友久,北京:中華書局,1992 年。

15. 《古代詩人情感心態研究》,黃世中,杭州:浙江大學出版社,1990 年。

16. 《想象力的世界》,葛兆光,北京:現代出版社,1990 年。

17. 《心態與詩歌創作》,劉國瑛,上海:學林出版社,1994 年。

18. 《唐詩風格美新探》,王明居,北京:中國文聯出版公司,1987 年。

19. 《唐詩的魅力》,(美)高友工、梅祖麟,上海:上海古籍出版社,1990 年。

20. 《詩與美》,黃永武,臺北:洪範書店,民國 73 年(1984)。

21. 《唐代美學思潮》,霍然,長春:長春出版社,1990 年。

22. 《唐詩美學》,李浩,西安:陝西人民教育出版社,1992 年。

23. 《唐詩學探索》,蔡瑜,臺北:里仁書局,民國 87 年(1998)。

24. 《唐聲詩》,任半塘,上海:上海古籍出版社,1982 年。

25. 《唐戲弄》,任半塘,上海:上海古籍出版社,1984 年。

26. 《隋唐五代燕樂雜言歌辭研究》,王昆吾,北京:中華書局,1996 年。

27. 《唐代酒令藝術》,王昆吾,上海:知識出版社,1995 年。

28. 《新樂府詩派》,鍾優民,瀋陽:遼寧大學出版社,1997 年。

29. 《唐代文學的文化精神》,鄧小軍,臺北:文津出版社,民國 82 年(1993)。

30. 《初盛唐詩歌的文化闡釋》,杜曉勤,北京:東方出版社,1997 年。

31. 《唐詩風貌及其文化底蘊》，余恕誠，臺北：文津出版社，1999 年。

32. 《盛唐文化精神與詩人人格》，傅紹良，臺北：文津出版社，1999 年。

33. 《初唐詩》，斯蒂芬‧歐文著／賈晉華譯，南寧：廣西人民出版社，1987 年。

34. 《盛唐詩》，斯蒂芬‧歐文著／賈晉華譯，哈爾濱：黑龍江人民出版社，1992 年。

35. 《詩國高潮與盛唐文化》，葛曉音，北京：北京大學出版社，1998 年。

36. 《中國南北文化的反差——韓歐文風的文化透視》，張仁福，雲南教育出版社，1992 年。

37. 《中唐詩文新變》，吳相洲，臺北：商鼎文化出版社，1996 年。

38. 《中唐詩歌之開拓與新變》，孟二冬，北京：北京大學出版社，1998 年。

39. 《晚唐詩風》，任海天，哈爾濱：黑龍江教育出版社，1998 年。

40. 《唐詩的世界（一）唐代長安和政局》，臺北：木鐸出版社，民國 74 年（1985）。

41. 《唐詩的世界（二）唐世風光和詩人》，臺北：木鐸出版社，民國 74 年（1985）。

42. 《唐代文學研究叢稿》，戴偉華，臺北：臺灣學生書局，1999 年。

43. 《唐詩與科舉》，陳飛，桂林：漓江出版社，1996 年。

44. 《唐代幕府與文學》，戴偉華，北京：現代出版社，1990 年。

45. 《唐代使府與文學研究》，戴偉華，桂林：廣西師範大學出版社，1998 年。

46. 《元和五大詩人與貶謫文學考論》，尚永亮，臺北：文津出版社，民國 82 年（1993）。

47. 《牛李黨爭與唐代文學》，傅錫壬，臺北：東大圖書公司，民國 73 年（1984）。

48. 《詩情與幽境——唐代文人的園林生活》，侯迺慧，臺北：東大圖書公司，民國 80 年（1991）。

49. 《唐詩與莊園文化》，林繼中，桂林：漓江出版社，1996 年。

50. 《唐詩的樂園意識》，歐麗娟，臺北：里仁書局，民國 89 年（2000）。

51. 《禪學與唐宋詩學》，杜松柏，臺北：黎明文化事業公司，民國 67 年（1978）。

52. 《唐詩與道教》，黃世中，桂林：漓江出版社，1996 年。

53. 《唐代詩歌與禪學》，蕭麗華，臺北：東大圖書公司，民國 86 年（1997）。

54. 《唐詩與繪畫》，陶文鵬，桂林：漓江出版社，1996 年。

55. 《唐詩與舞蹈》，張明非，桂林：漓江出版社，1996 年。

56. 《唐詩與音樂》，朱易安，桂林：漓江出版社，1996 年。

57. 《總是玉關情──唐代邊塞詩初探》，何寄澎，臺北：聯經出版公司，民國 67 年（1978）。

58. 《盛唐邊塞詩評》，漆緒邦，太原：山西人民出版社，1987 年。

59. 《唐詩論文選集》，呂正惠編，臺北：長安出版社，民國 74 年（1985）。

60. 《美國學者論唐代文學》，倪豪士編選，上海：上海古籍出版社，1994 年。

61. 《唐詩答客難》，張天健，北京：學苑出版社，1991 年。

62. 《程千帆選集》，莫礪鋒編，瀋陽：遼寧古籍出版社，1996 年。

63. 《唐代文學家及文獻研究》，謝海平，高雄：麗文文化公司，1996 年。

（四）唐詩人相關資料與工具書

1. 《唐詩人行年考（續編）》，譚優學，成都：巴蜀書社，1987 年。

2. 《唐才子傳校箋》，傅璇琮，北京：中華書局，1987 年。

3. 《唐代詩人叢考》，傅璇琮，北京：中華書局，1996 年。

4. 《唐詩紀事校箋》，王仲鏞，成都：巴蜀書社，1992 年。

5. 《唐人軼事彙編》，周勛初主編，上海：上海古籍出版社，1995 年。

6. 《唐代詩人們》，前野直彬，臺北：幼獅圖書公司。

7. 《唐人小說》，桃源居士編，上海：上海文藝出版社，影印上海掃葉山房石印本。

8. 《唐五代人交往詩索引》，吳汝煜主編，上海：上海古籍出版社，1993 年。

9. 《《全唐詩》人名考》，吳汝煜、胡可先，南京：江蘇教育出版社，1990 年。

10. 《《全唐詩》人名考證》，陶敏編撰，西安：陝西人民教育出版社，1996 年。

11. 《《全唐文》職官叢考》，陳國燦、劉健明主編，武漢：武漢大學出版社，1997 年。

（五）唐詩別集與相關研究

1. 《初唐四傑研究》，駱祥發，北京：東方出版社，1993 年。

2. 《初唐四傑年譜》，張志烈，成都：巴蜀書社，1993 年。

3. 《王子安集注》，(清) 蔣清翊，上海：上海古籍出版社，1995 年。

4. 《盧照鄰集／楊炯集》，徐明霞點校，北京：中華書局，1984 年。

5. 《盧照鄰集箋注》，祝尚書箋注，上海：上海古籍出版社，1994 年。

6. 《駱臨海集箋注》，(清) 陳熙晉，上海：上海古籍出版社，1985 年。

7. 《駱賓王研究論文集》，浙江省古代文學學會編，杭州：杭州大學出版社，1993 年。

8. 《陳子昂研究論集》，四川射洪縣陳子昂研究聯絡組等編，北京：中國文聯出版，1989 年。

9. 《李白集校注》，瞿蛻園等，臺北：里仁書局，民國 70 年（1981）。

10. 《李白全集編年注釋》，安旗主編，成都：巴蜀書社，1992 年。

11. 《李白全集校注彙釋集評》，詹瑛主編，天津：百花文藝出版社，1996 年。

12. 《李白研究》，安旗，西北大學出版社，1987 年。

13. 《李白研究論叢》，李白研究學會編，成都：巴蜀書社，1987 年。

14. 《李白詩歌賞析集》，裴斐主編，成都：巴蜀書社，1990 年。

15. 《李白與唐代文化》，葛景春，鄭州：中州古籍出版社，1994 年。

16. 《李白與中國傳統文化》，葛景春，臺北：群玉堂出版公司，民國 80 年（1991）。

17. 《李白詩的藝術成就》，施逢雨，臺北：大安出版社，1992 年。

18. 《笑傲江湖——李白的人格與風格》，傅紹良，太原：山西教育出版社，1993 年。

19. 《大氣恢宏——李白與盛唐詩新探》，張瑞君，太原：山西古籍出版社，1997 年。

20. 《杜詩詳注》，(清) 仇兆鰲，臺北：里仁書局，民國 69 年（1980）。

21. 《杜詩鏡銓》，(清) 楊倫，臺北：華正書局，民國 75 年（1986）。

22. 《杜詩趙次公先後解輯校》，(宋) 趙次公注／林繼中輯較，上海：上海古籍出版社，1994 年。

23. 《杜甫研究》，臺北：建宏書局，民國 65 年（1976）。

24. 《杜甫作品繫年》，李辰冬，臺北：東大圖書公司，民國 66 年（1977）。

25. 《杜甫評傳》，陳貽焮，上海：上海古籍出版社，1982 年。

26. 《杜甫詩論叢》，金啓華，上海：上海古籍出版社，1985 年。

27. 《杜甫與六朝詩人》，呂正惠，臺北：大安出版社，民國 78 年（1989）。

28. 《社會良知（杜甫：士人的風範)》，劉明華，太原：山西教育出版社，1994 年。

29. 《王摩詰全集注》，(清)趙殿成，臺北：世界書局，民國 78 年（1989）。

30. 《王維集校注》，陳鐵民，北京：中華書局，1997 年。

31. 《王維新論》，陳鐵民，北京：北京師範學院出版社，1990 年。

32. 《詩佛王摩詰傳》，張清華，鄭州：河南人民出版社，1991 年。

33. 《王維研究（第一輯)》，中國唐代學會等編，中國工人出版社，1992 年。

34. 《岑參詩傳》，孫映逵，鄭州：中州古籍出版社，1989 年。

35. 《岑參詩集編年箋註》，劉開揚，成都：巴蜀書社，1995 年。

36. 《岑參事跡著作考》，廖立，鄭州：中州古籍出版社，1997 年。

37. 《高適研究》，佘正松，成都：巴蜀書社，1992 年。

38. 《王梵志詩研究彙錄》，張錫厚輯，上海：上海古籍出版社，1990 年。

39. 《寒山詩校注》，錢學烈，廣州：廣東高等教育出版社，1991 年。

40. 《孟浩然詩集箋注》，曹永東，天津：天津古籍出版社，1990 年。

41. 《孟浩然年譜》，劉文剛，北京：人民文學出版社，1995 年。

42. 《劉長卿詩編年箋注》，儲仲君，北京：中華書局，1996 年。

43. 《大歷詩風》，蔣寅，上海：上海古籍出版社，1992 年。

44. 《大歷詩人研究》，蔣寅，北京：中華書局，1995 年。

45. 《盧綸詩集校注》，劉初棠，上海：上海古籍出版社，1989 年。

46. 《戴叔倫詩集校注》，蔣寅，上海：上海古籍出版社，1993 年。

47. 《韋應物集校注》，陶敏、王友勝校注，上海：上海古籍出版社，1998 年。

48. 《唐陸宣公集》，(唐)陸贄，臺北：藝文印書館，民國 44 年（1955）。

49. 《韓昌黎文集校注》，馬通伯，臺北：華正書局，民國 71 年（1982）。

50. 《韓昌黎思想研究》，韓廷一，臺北：臺灣商務印書館，民國 71 年（1982）。

51. 《韓昌黎詩繫年集釋》，錢仲聯，上海：上海古籍出版社，1984 年。

52. 《韓愈全集校注》，屈守元、常思春主編，成都：四川大學出版社，1996 年。

53. 《韓愈研究》，羅聯添，臺北：臺灣學生書局，民國 77 年（1988）。

54. 《韓愈研究》，鄭潭洲，湖南教育出版社，1991 年。

55. 《韓愈》，吳文治，上海：上海古籍出版社，1991 年。

56. 《柳宗元詩文彙評》，明倫出版社編，臺北：明倫出版社，民國 60 年（1971）。

57. 《柳宗元事蹟繫年暨資料類編》，羅聯添編著，臺北：國立編譯館，民國 70 年（1981）。

58. 《柳宗元詩箋釋》，王國安，上海：上海古籍出版社，1993 年。

59. 《劉禹錫叢考》，卞孝萱，成都：巴蜀書社，1988 年。

60. 《劉禹錫》，卞孝萱、吳汝煜，臺北：國文天地，民國 81 年（1992）。

61. 《劉禹錫詩集編年箋注》，蔣維崧等，濟南：山東大學出版社，1997 年。

62. 《孟郊詩集校注》，華忱之、喻學才校注，北京：人民文學出版社，1995 年。

63. 《長江集新校》，賈島著／李嘉言新校，上海：上海古籍出版社，1983 年。

64. 《李賀詩注》，（明）曾益（清）王琦、姚文燮、方世舉，臺北：世界書局，民國 71 年（1982）。

65. 《李賀詩集》，葉蔥奇校注，臺北：里仁書局，民國 71 年（1982）。

66. 《李賀研究論集》，楊其群，太原：北岳文藝出版社，1989 年。

67. 《李賀詩集譯注》，徐傳武，濟南：山東教育出版社，1992 年。

68. 《唐元微之先生稹年譜》，張達人，臺北：臺灣商務印書館。民國 69 年（1980）。

69. 《元稹論稿》，王拾遺，西安：陝西人民出版社，1994 年。

70. 《白居易集》，白居易，臺北：里仁書局，民國 69 年（1980）。

71. 《白居易全集箋校》，朱金城，上海：上海古籍出版社，1988 年。

72. 《白居易資料彙編》，陳友琴編，北京：中華書局，1986 年。

73. 《白居易》，（日）花房英樹，北京：社會科學文獻出版社，1991 年。

74. 《白居易集綜論》，謝思煒，北京：中國社會科學出版社，1997 年。

75. 《杜牧論稿》，吳在慶，廈門：廈門大學出版社，1991 年。

76. 《杜牧研究叢稿》，胡可先，北京：人民文學出版社，1993 年。

77. 《杜牧詩美探索》，王西平、高雲光，西安：陝西人民出版社，1993 年。

78. 《樊川詩集注》，馮集梧注，上海：上海古籍出版社，1998 年。

79. 《姚合詩集校考》，劉衍，長沙：岳麓書社，1997 年。

80. 《李商隱和他的詩》，朱偰等，臺北：臺灣學生書局，民國 71 年（1982）。

81. 《李商隱詩研究論文集》，國立中山大學中文學會編，臺北：天工書局，民國 73 年（1984）。

82. 《李商隱評傳——詩人的生死愛恨及其創作藝術》，楊柳，臺北：木鐸出版社，民國 74 年（1985）。

83. 《李商隱傳》，董乃斌，西安：陝西人民出版社，1985 年。

84. 《李義山詩解》，（清）陸昆曾，臺北：學海出版社，民國 75 年（1986）。

85. 《李商隱詩集疏注》，葉蔥奇，臺北：里仁書局，民國 76 年（1987）。

86. 《李義山詩研究》，黃盛雄，臺北：文史哲出版社，民國 76 年（1987）。

87. 《李義山詩析論》，張淑香，臺北：藝文印書館，民國 76 年（1987）。

88. 《玉溪詩謎正續合編》，蘇雪林，臺北：臺灣商務印書館，民國 77 年（1988）。

89. 《李商隱的心靈世界》，董乃斌，上海：上海古籍出版社，1992 年。

90. 《溫飛卿詩集》，曾益謙原注／顧予咸補注，臺北：臺灣學生書局，民國 60 年（1971）。

91. 《溫飛卿詩集箋注》，曾益等，上海：上海古籍出版社，1998 年。

92. 《丁卯集箋証》，羅時進，南昌：江西人民出版社，1998 年。

93. 《司空圖選集注》，王濟亨、高仲章，太原：山西人民出版社，1989 年。

94. 《韋莊集校注》，李誼，四川省社會科學院出版社，1986 年。

（六）歷史、文化、社會

1. 《隋唐五代史》，呂思勉，臺北：九思出版社，民國 66 年（1977）。

2. 《廿二史箚記》，趙翼，臺北：仁愛書局，民國 73 年（1984）。

3. 《隋唐史》，岑仲勉，（臺灣翻印本）（無載出版資料）。

4. 《中西文化交流史》，沈福偉，台北：東華書局，1989 年。

5. 《隋唐文化史》，趙文潤主編，西安：陝西師範大學出版社，1992 年。

6. 《隋唐氣象》，謝思煒，北京：北京師範大學出版社，1993 年。

7. 《唐文化研究論文集》，鄭學檬、冷敏述主編，上海：上海人民出版社，1994 年。

8. 《唐文化研究》，鄭學檬、冷敏述主編，上海：上海人民出版社，1994 年。

9. 《大唐風度》,李浩,北京:華文出版社,1997年。

10. 《文藝心理學》,金開誠、張化本,吉林:吉林教育出版社,1988年。

11. 《布爾迪厄文化再製理論》,邱天助,臺北:桂冠圖書公司,1998年。

12. 《普實克中國現代文學論文集》,普實克著/李燕喬等譯,長沙:湖南文藝出版社,1987年。

13. 《民族融合與中國古代文學》,李炳海,長春:東北師範大學出版社,1997年。

14. 《詩經的文化精神》,李山,北京:東方出版社,1997年。

15. 《詩經的文化闡釋——中國詩歌的發生研究》,葉舒憲,武漢:湖北人民出版社,1994年。

16. 《詩經勝境及其文化品格》,許志剛,臺北:文津出版社,民國82年(1993)。

17. 《先秦禮樂文化》,楊華,武漢:湖北教育出版社,1997年。

18. 《唐代科舉制度研究》,吳宗國,瀋陽:遼寧大學出版社,1992年。

19. 《登科記考》,徐松,北京:中華書局,1993年。

20. 《唐代科舉與文學》,傅璇琮,臺北:文史哲出版社,民國83年(1994)。

21. 《中古文學集團》,胡大雷,桂林:廣西師範大學出版社,1996年。

22. 《中國古代文人集團與文學風貌》,郭英德,北京:北京師範大學出版社,1998年。

23. 《隋唐士族》,田廷柱,西安:三秦出版社,1990年。

24. 《唐代文苑風尚》,李志慧,西安:陝西人民出版社,1998年。

25. 《唐代社會與元白文學集團關係之研究》,馬銘浩,臺北:臺灣學生書局,民國80年(1991)。

26. 《士與中國文化》,余英時,上海:上海人民出版社,1987年。

27. 《知識份子與中國》,徐復觀等,臺北:時報出版公司,民國69年(1980)。

28. 《秦中歲時記》,(唐)李淖,歲時習俗資料彙編第三〇冊,藝文印書館,民國59年(1970)。

29. 《輦下歲時記》,(唐)闕名,歲時習俗資料彙編第三〇冊,藝文印書館,民國59年(1970)。

30. 《唐代長安之研究》,宋肅懿,台北:大立出版社,民國72年(1983)。

31. 《隋唐兩京叢考》,辛德勇,西安:三秦出版社,1991年。

32. 《增訂唐兩京城坊考》，（清）徐松撰／李健超增訂，西安：三秦出版社，1996 年。

33. 《中國古典園林分析》，彭一剛，中國建築工程出版社，1988 年。

34. 《園林與中國文化》，王毅，上海：上海人民出版社，1990 年。

35. 《唐代園林別業考論》，李浩，西安：西北大學出版社，1996 年。

36. 《唐宋時期的公園文化》，侯迺慧，臺北：東大圖書公司，民國 86 年（1997）。

37. 《交通與古代社會》，王子今，西安：陝西人民教育出版社，1993 年。

38. 《唐伎研究》，廖美雲，臺北：臺灣學生書局，民國 84 年（1995）。

39. 《細說唐妓》，鄭志敏，臺北：文津出版社，民國 86 年（1997）。

40. 《消逝的太陽──唐代城市生活長卷》，黃新亞，湖南出版社，1996 年。

41. 《隋唐五代社會生活史》，李斌城等，北京：中國社會科學出版社，1998 年。

42. 《唐帝國的精神文明──民俗與文學》，程薔、董乃斌，北京：中國社會科學出版社，1996 年。

43. 《唐代士大夫與佛教》，郭紹林，開封：河南大學出版社，1987 年。

44. 《佛教與中國文學》，孫昌武，上海：上海人民出版社，1991 年。

45. 《中國道教史》，任繼愈主編，上海：上海人民出版社，1990 年。

46. 《道教文學史》，詹石窗，上海：上海文藝出版社，1992 年。

47. 《中國古代詩歌與節日習俗》，韓廣澤、李岩齡，天津：天津人民出版社，1992 年。

48. 《中國年節文化》，范勇、張建世，海口（四川）：三環出版社，1990 年。

49. 《論節日文化》，高占祥編，北京：文化藝術出版社，1991 年。

50. 《中國歲時禮俗》，喬繼堂，天津：天津人民出版社，1992 年。

51. 《慶典》，（美）維克多·特納編／方永德等譯，上海：上海文藝出版社，1993 年。

52. 《唐人風俗》，王家廣，西安：陝西人民出版社，1993 年。

53. 《胡族習俗與隋唐風韻》，呂一飛，北京：書目文獻出版社，1994 年。

54. 《中國隋唐五代習俗史》，藏嶸、王宏凱，北京：人民出版社，1994 年。

55. 《中國飲饌史》，曾縱野，中國商業出版社，1988 年。

56. 《中國古代飲食》，王明德、王子輝，西安：陝西人民出版社，1988年。

57. 《中國飲食文化》，林乃燊，上海：上海人民出版社，1991年。

58. 《華夏飲食文化》，王學泰，北京：中華書局，1993年。

59. 《唐宋飲食文化初探》，陳偉明，北京：中國商業出版社，1993年。

60. 《飲食與中國文化》，王仁湘，北京：人民出版社，1994年。

61. 《飲食與中國文化》，萬建鐘，南昌：江西高校出版社，1994年。

62. 《趕赴繁花盛放的饗宴──飲食文學國際研討會論文集》，焦桐、林水福主編，臺北：時報文化出版公司，1999年。

63. 《中國飲食詩文大典》，熊四智主編，青島：青島出版社，1995年。

64. 《中國酒文化》，傅允生、徐吉軍、盧敦基，北京：中國廣播電視出版社，1992年。

65. 《詩與酒》，劉揚忠，臺北：文津出版社，民國83年（1994）。

66. 《醉裡看乾坤──中國士人飲酒心態》，劉武，長沙：岳麓書社，1995年。

67. 《詩酒風流》，陳橋生，北京：華文出版社，1997年。

68. 《酒文化中的中國人》，王守國，鄭州：河南人民出版社，1990年。

69. 《中國古典舞與雅士文化》，于平，長春：吉林教育出版社，1992年。

二、學位論文

1. 《魏晉交誼詩類的研究》，金南喜，臺大中文博士論文，民國82年6月。

2. 《《文選》選詩研究》，楊淑華，師大國文碩士論文，民國82年5月。

3. 《唐代文學傳播活動研究》，葉美妏，淡江中文碩士論文，民國80年。

4. 《唐代飲茶風氣及其對文學影響之研究》，李書群，臺大中文碩士論文，民國81年5月。

5. 《唐代九日重陽詩歌研究》，李秀靜，文化中文碩士論文，民國83年6月。

6. 《初唐文人樂府詩研究》，金凱，政大中文碩士論文，民國87年6月。

7. 《初唐宮廷詩內容探析──以君臣唱和詩為對象》，吳元嘉，中興中文碩士論文，民國87年。

8. 《大曆時期「別離」主題詩歌研究》，鄒湘齡，政大中文碩士論文，民國 87 年 12 月。

9. 《裴度交往詩研究》，陳玉雪，中興中文碩士論文，民國 85 年 6 月。

10. 《武元衡詩研究》，鄭雅芬，中興中文碩士論文，民國 86 年 7 月。

11. 《唐代兩京的城市風格與君民生活圈》，林紋如，中興歷史碩士論文，民國 88 年。

12. 《拿捏分寸與陽奉陰違——一個傳統中國社會行事邏輯的初步探索》，鄒川雄，臺大社會所博士論文，民國 84 年 6 月。

13. 《中國人的人際和諧與衝突：理論建構及實徵研究》，黃曬莉，臺大心理所博士論文，民國 85 年。

三、期刊論文

1. 〈大酺考〉，錢劍夫，《中華文史論叢》第四輯，1984 年。

2. 〈古典詩歌中時空表現的幾種方式初探〉，陳羽云，《內蒙古民族師院學報（哲社科版）》1990 年第四期。

3. 〈論古代文人的生命意識〉，程自信、王友勝，《江淮論壇》1992 年第六期。

4. 〈文學：人格的投影〉，何向陽，《文學評論》1993 年第一期。

5. 〈從死亡學層面看中國古代詩哲薄人事厚自然的審美襟懷〉，張文初，《鄭州大學學報（社科版）》1997 年 5 月。

6. 〈飲食與倫理——從吃飯解析中國傳統文化模式〉，劉志琴，《傳統文化與現代化》1999 年第一期。

7. 〈《詩經》宴飲詩與禮樂文化精神〉，趙沛霖，《天津師大學報（社科版）》1989 年第六期。

8. 〈《詩經》：樂官文化的範本〉，陳元鋒，《山東師大學報（社科版）》1998 年第三期。

9. 〈試論建安時期的宴游詩〉，王利鎖，《江漢論壇》1990 年第十一期。

10. 〈從“緣事”到“緣情”——論“三曹”對《詩經》宴飲詩的發展〉，朱一清、周威兵，《江漢論壇》1993 年第四期。

11. 〈魏晉游宴詩文的演變與時代特徵〉，胡中山，《徐州師範大學學報（哲社版）》1997 年第四期。

12. 〈試論公讌詩之於鄴下文士集團的象徵意義〉，鄭毓瑜，《六朝情境美學綜論》，臺北：臺灣學生書局，民國 85 年。

13. 〈論六朝祖餞詩群對文類學原理的背離〉，洪順隆，第三屆魏晉南北

朝文學國際學術研討會發表論文，民國86年10月24日。

14. 〈試論南朝宮體詩的歷程〉，胡大雷，《文學評論》1998年第四期。

15. 〈漢唐貴族活動的轉型與貴族文學的變調〉，簡宗梧，中央研究院文哲所：「世變與創化：漢唐、唐宋轉換期之文藝現象」研討會論文，1999年一月。

16. 〈遊戲與嚴肅：六朝詩的量兩種面向〉，李豐楙，中央研究院文哲所：「世變與創化：漢唐、唐宋轉換期之文藝現象」研討會論文，1999年1月。

17. 〈安樂公主諸宴〉，李寶玲，《逢甲中文學報》，民國80年11月。

18. 〈唐代文人的生活道路與詩歌創作〉，陳伯海，《學術月刊》1987年9月。

19. 〈唐代文人社會地位的變遷與文學的發展〉，尹占華，《青海社會科學》1990年第二期。

20. 〈唐宋：文人與文化〉，林繼中，《天府新論》1992年第五期。

21. 〈唐人題壁詩初探〉，羅宗濤，〈唐代文學研究〉第三輯，1992年8月。

22. 〈唐代的士風演變與時代遷易〉，董乃斌、程薔，《中國社會科學院研究生院學報》，1994年第一期。

23. 〈唐代官人的宦遊生活──以經濟生活為中心〉，甘懷真，第二屆唐代文化研討會發表論文，民國83年1月22日。

24. 〈唐代和詩的演變論略〉，趙以武，《社科縱橫》1994年第四期。

25. 〈唐代詩人與松竹梅文化〉，武復興，《西北大學學報》1991年第一期第二一卷。

26. 〈唐代山水旅游詩歌折射的文化心態〉，王定璋，《天府新論》1991年第二期。

27. 〈論唐宋詞的"享樂意識"〉，楊海明，《西南師範大學學報（哲社版）》1991年第三期。

28. 〈唐代曲江宴遊之風尚〉，宋德熹，第二屆唐代文化研討會論文，民國83年1月22日。

29. 〈飲食與唐代官場〉，拜根興，《人文雜誌》1994年第一期。

30. 〈唐代詠物詩發展之輪廓與軌跡〉，胡大浚、蘭甲云，《煙臺大學學報（哲社科版）》1995年第二期。

31. 〈古典詩詞中一個永恆的主題──孤獨情緒〉，裴登峰，《西北民族學院學報（哲社科版）》1995年第三期。

32. 〈唐宋時期的文人會社〉，李修松，《中國史研究》1995 年第三期。

33. 〈唐代文學的文化規定〉，陳選公，《鄭州大學學報（哲社科版）》1996 年第一期。

34. 〈穠桃豔李——唐代審美心態的外在表徵〉，邱建國，《瀋陽師範學院學報（社科版）》1996 年第一期。

35. 〈孤寂與熙悅——唐代寒食題材詩歌二重意趣闡釋〉，羅時進，《文學遺產》1996 年第二期。

36. 〈茶與詩——文人生活對藝術的滲透〉，劉學忠，《文學遺產》1996 年第二期。

37. 〈唐代山水詩中美感的演進——中國美學史札記〉，潘知常，《益陽師專學報》1996 年第三期。

38. 〈論唐人送別詩〉，羅漫，《文學遺產》1987 年第二期。

39. 〈論唐代送別詩〉，翁成龍，《臺中商專學報》第二七期 1995 年六月。

40. 〈唐別離詩主題賴以生發的意象〉，殷憲，《山西大學學報》1995 年第四期。

41. 〈論唐人送別詩的審美意象〉，張明非，《廣西師範大學學報》1987 年第四期。

42. 〈唐代送別詩的繁興與許渾的創作〉，羅時進，《鐵道師院學報》1996 年第六期。

43. 〈唐詩中的"留別"與"贈別"〉，吳承學，《文學遺產》1996 年第四期。

44. 〈唐代國勢與士風轉變〉，蕭平學，《南昌大學學報（社科版）》1996 年六月。

45. 〈唐代縣尉詩人的創作特色初探〉，張亞萍，《華僑大學學報（社科版）》1996 年第三期。

46. 〈唐代郡齋詩所呈現的文士從政心態與困境轉化〉，侯迺慧，《國立政治大學學報》第七四期 1997 年 4 月。

47. 〈唐代"折柳"風俗考略〉，李暉，《中南民族學院學報（哲社科版）》1998 年第一期。

48. 〈論唐代商業經濟對文學的影響〉，趙振祥，《上海師範大學學報（社科版）》1998 年 6 月（第二七卷第二期）。

49. 〈唐代的節俗與文學〉，董乃斌，《唐代文學研究（第三輯）》，桂林：廣西師範大學出版社，1992 年。

50. 〈上巳、重陽習俗演變的文學軌跡——民族融合與時俗文學關係淺

探〉，李炳海，《河南大學學報（社科版）》1998 年第二期。

51. 〈論唐詩生命意識〉，潘百齊，《南京師大學報（社科版）》1998 年第二期。

52. 〈隋唐間天下文人的客游之風〉，李湜，《學術月刊》1999 年第四期。

53. 〈唐代浙東詩論略〉，俞志慧，《寧波大學學報（人文科學版）》第八卷第一期。

54. 〈從音樂角度探討唐詩繁榮的原因〉，王建輝。

55. 〈唐代宴飲詩的社會化現象〉，吳秋慧，《德明學報》第十六期，2000年十二月。

56. 〈唐代文士的「金谷」印象〉，吳秋慧，《中國古典文學研究》第八期，2002 年十二月。

57. 〈百年徘徊——初唐詩歌的創作趨勢〉，袁行霈，《北京大學學報》（哲社版）1994 年第六期。

58. 〈唐初三十年的文學流程〉，傅璇琮，《文學遺產》1998 年第五期。

59. 〈宮體詩與唐太宗〉，王玉梅，《浙江師大學報（社科版）》1993 年第一期。

60. 〈貞觀時期宮廷詩風的新變〉，曹麗芳、高潞芳，《山西大學學報（哲社科版）》1998 年第二期。

61. 〈江淹二賦對初唐文壇的影響〉，史實，《東北師大學報》1994 年第四期。

62. 〈陳子昂詩文編年補正〉，韓理洲，《四川大學學報》1980 年第三期。

63. 〈陳子昂詩文編年考〉，韓理洲，《求是學刊》1982 年第三期。

64. 〈陳子昂及其文學之事跡〉，岑仲勉，《輔仁學誌》第十四卷一、二合期（1945 年）。

65. 〈盛唐之音：一個時代的終結——略論唐代文人的精神狀態〉，江冰，《贛南師範學院學報》1995 年第二期。

66. 〈從系統論看盛唐之音〉，吳相洲，《北京大學學報（哲社科版）》1995年第三期。

67. 〈盛唐之音形成的審美契機〉，劉暢，《南開學報》1997 年第一期。

68. 〈李白〈宣州謝朓樓餞別校書叔雲〉詩題爭議的由來——兼論其詩的藝術風貌〉，李克和，《古典文學知識》1996 年第三期。

69. 〈論李白的送別詩〉，孟修祥，《中國詩學》第三輯 1995 年五月。

70. 〈杜甫早期干謁游宴詩試析〉，林繼中，《草堂（杜甫研究學刊）》1986年第二期。

71. 〈論杜甫與干謁〉，王許林，《社會科學戰線》1997 年第六期。

72. 〈論盛中唐詩人構思方式的轉變對詩風新變的影響〉，吳相洲，《首都師範大學學報（社科版）》1997 年第三期。

73. 〈流浪：中晚唐詩人的共同命運〉，陳橋生，《西北民族學院學報（哲社版）》1994 年第四期。

74. 〈元、王集團與大歷京城詩風〉，查屏球，《文學遺產》1998 年第三期。

75. 〈元和詩壇與韓愈的新儒學〉，朱易安，《文學遺產》1993 年第三期。

76. 〈韓白詩風的差異與中唐進士階層思想作風的分野〉，余恕誠，《文學遺產》1993 年第五期。

77. 〈論韓愈和中唐文士的思想特徵〉，王東春，《復旦學報（社科版）》1995 年第一期。

78. 〈論貞元士風與詩風〉，許總，《廣西師範大學學報（哲社科版）》1995 年第四期。

79. 〈關於〈琵琶行〉的創作——重點研究與杜甫的關係〉，入谷仙介，《唐代文學研究》第五輯，桂林：廣西師範大學出版社，1994 年。

80. 〈論唐五代宮廷詞的發展〉，劉尊明、王兆鵬，《北方論叢》1996 年第一期。

81. 〈晚唐兩大詩人群落及其風貌特徵〉，余恕誠，《安徽師大學報（哲社科版）》1996 年第二期。

82. 〈晚唐詩人內向心理探因〉，袁文麗，《山西大學學報（哲社科版）》1997 年第四期。